KB038868

한국 신화, 그 매혹의 스토리텔링

한국신화,
그 매혹의
스토리텔링

| 김열규 지음 |

한울

여는 글
_ 오 천 년 의 신 비 , 영 원 을 사 는 신 화

우리의 신화는 이제 고물이 된 걸까? 이를테면 '문화폐품' 꼴이 되고 만 것일까? '무형 문화재 0호' 혹은 '오래된 유물'로서 그 여명 (餘命)을 가까스로 지키고 있는 게 고작일까? 아니다. 그렇지 않다. 만약 그렇게 생각한다면 지적(知的)인 시력이 약하다는 소리를 들을 것이다. 그것은 신화에 대한 무식이기 전에 인간 문화에 대한 무지몽매이자 자신에 대한 소경이다.

신화에는 나이가 없다. 몇 천, 몇 만 년을 살아왔지만 언제나 청청한 청춘이다. 그야말로 만수무강한 게 신화다. 신화의 시계는 태초의 '시작'을 말하면서도 꺼지지 않을 '영원'을 가리키고 있다. 그러한 예는 어렵지 않게 찾을 수 있다. 누구보다도 먼저 한민족의 어머니라고 해도 좋을 웅녀(熊女)가 나서줄 것이다. 이것은 믿거나 말거나가 아니다. 믿을 수밖에 없는 진실이다.

"단군(檀君)의 어머니 웅녀는 오늘의 여성 그대로다."
"지금의 소녀들은 웅녀처럼 그 어린 목숨의 고비를 넘기고 있다!"

신화는 우리의 무의식 속 깊디깊은 늪 바닥에서만 용틀임하고 있는 것이 아니다. 꿈속의 영상으로만 눈부시게 연기(演技)하는 게 아니다. 신화는 수많은 영상물 속 판타지에 각색되어 녹아 있다. 신화는 판타지 족보의 맨 앞에 나서야 마땅하다. 애니메이션의 캐릭터들은 상고 시대 신화의 분신이다. 스마트폰을 포함한 각종 전자 매체의 콘텐츠 속에서도 신화는 눈부시게 작동하고 있다. 또한 오늘날 사람들의 생활과 사고방식에서도 신화는 주춧돌 노릇을 하고 있다. 신화는 살아 있는 생명체이자 생동하는 유기체다. 인간은 어느 시대에나 '신화인(神話人)'이다. 인간은 '호모 미토스(Homo mythos)'다. 그것은 인간의 숙명이자 본질이다. 한국식으로 말하자면 인간의 사주이며 팔자다.

오늘날 전해지고 있는 유물을 볼 때 한국 신화의 기원은 청동기 시대로 거슬러 올라간다. 청동기 유물은 물론, 바위에 새겨진 그림을 통해서도 신화의 태동(胎動)을, 그 신생(新生)을 감지할 수 있다. 그러니 줄잡아 칠, 팔천 년 전, 길게 보아 만여 년 전부터 이 땅에는 신화가 이야기되기 시작한 것이다. 그런 면에서 단군 신화는 어리고 젊은 신화다.

이렇듯 까마득한 과거에 탄생했음에도 신화는 사라진 옛날이야기나 유사(有史) 이전의 내러티브가 아닌 현실성이 넘치는 생명이다. 그 속에는 오늘의 싹이 움트고 있다. 그 예로 인간의 우주여행이 그렇다. 우주여행은 신화시대에 시작되었다. 신화는 지상의 이야기로 끝나지 않는다. 신화의 무대는 무한정의 우주 공간이다. 위로는 하늘 너머, 앞으로는 수평선 너머의 까마득하고 아스라한 피안을, 눈으로 볼 수는 없으나 마음속에 역력한 그 피안을 신화의 주인공들은 자유자재로 내왕한다. 그들은 인류 최초의 우주 비행사다.

신화의 주인공들에게는 발사 장치니 인공위성이니 하는 도구들이 필요하지 않다. 구름을 타거나 천마(天馬)나 용, 이른바 '우주 동물'을 타고 날고 또 난다. 아니면 스스로 새처럼 날아 하늘을 오가기도 한다. 또한 신화 속 주인공들은 무시로, 수시로 우주여행을 한다. 벼르고 별러서 몇 년에 한 번꼴로 발사대를 꾸려 우주에 다녀오는 오늘날 인간의 모습은 그들의 눈에 불편해 보일 게 틀림없다. 신화 속 주인공들이 구름이나 천마를 타지 않고 몸소 날 때 이용한 도구는 고작해야 창틀 정도다. 창틀을 인공위성 삼아 우주여행을 하다니 참으로 절묘한 발상이다. 고구려 제2대 왕인 유리(琉璃)가 바로 그 같은 우주비행사다. 유리왕은 나무로 짠 창틀을 타고 우주여행을 했다. 그에게는 창틀이 아폴로 우주선이나 마찬가지였다.

신화의 시계가 태초이자 현재를 가리키고 있는 것은 다른 예에서도 드러난다. 부여의 해모수(解慕漱, 고구려의 시조 동명왕의 아버지)가 하백(河伯, 물의 신)의 딸, 유화(柳花)를 아내로 맞은 결혼 절차는 극히 최근까지 큰 변화 없이 지켜져 왔다. 신화 속 해모수나 근세의 신랑이나 비슷한 과정과 절차를 거쳐 장가를 들고 신부를 맞이한 것이다. 즉, 신부의 집에서 혼사가 치러지는 것을 비롯해, 신부의 가족들에게 신랑이 시달릴 대로 시달리고 혼이 날 대로 난 끝에야 신부와 첫날밤을 맞게 되는 과정이 서로 판에 박은 듯 닮은꼴을 하고 있다. 또한 혼사를 마친 후 신랑이 신부를 데리고 곧장 제 집으로 가지 못하는 점도 태곳적이나 근세나 매한가지다. 혼례가 끝난 후 해모수는 신부인 유하를 처가에 남겨둔 채 홀로 처량히 제 집으로 돌아가는데, 이는 근세의 신랑들도 마찬가지였다. 근세에 장가든 젊은 사내나 태곳적에 장가 든 해모수나 신랑으로서는 같은 신세, 같은 처지였던 셈이다.

이처럼 신화는 영원이다. 현재를 사는 우리들의 상상을 초월하는 속성을 갖고 있으면서도, 오늘날까지 통하는 엄연한 현실성 또한 갖추고 있는 것이다.

그뿐만 아니다. 신화는 그 환상과 공상의 정도에 정비례해 현실성이 알알이 넘치고 있다. 태고라는 시대성에도 불구하고 역력한 오늘의 현실과 맞물려 있다. 신화는 오늘의 우리가 환상과 현실 사이를 오가게 하고, 태초와 현재 사이를 내왕케 한다.

이 책은 한국인의 '환상과 현실 사이의 내왕'을 위한 길잡이가 될 것이고, 아울러 '태고와 오늘 사이의 왕복'을 위한 지표가 될 것이다. 또한 우리들의 꿈과 무의식의 뿌리를 찾는 데에도 적잖은 도움을 줄 것이다. 참고로 이 책에 등장하는 한국 신화나 세계 신화, 민담, 설화 등의 내용은 원전 및 가장 많이 통용되는 이야기를 살펴 풀이했다.

2012년 봄
지은이 삼가

차례

제 1 장
하늘을 날아 우주여행

'하늘이 열린다'는 말,
모든 것이 비로소 시작한다는 뜻.

바로 그즈음
하늘을 자유롭게 날던 신들,
오늘날 인공위성에 부치는
우리들의 꿈.

그것은 사춘기 소년, 소녀들의
밤마다의 꿈이기도 하니.

까마득한 그날의 우주여행

: ET의 선구자들

우리는 기분이 좋을 때 이렇게 외친다.

"와, 하늘을 나는 것 같아!"

사람들은 유쾌하고 상쾌해지면 마음에 날개가 달린다. 그리고 활개를 치다 새가 된다. 신화는 그렇게 시작하고 있다. 하늘과 땅 사이를 오르내린 신들로 말머리를 잡고 있다. 이러한 신화 속 주인공들은 모두 'ET'의 선구자다.

스티븐 스필버그(Steven Spielberg) 감독의 영화 〈이티(E.T.)〉는 재미나고도 신기하다.

하늘에서 지구로 내려온 괴이쩍게 생긴 우주 동물 ET는 하늘을 날 줄 안다. ET를 위험하고도 정체 모를 괴물로 여기는 어른들은 ET를 잡아 실험을 하려 든다. ET는 그를 사랑하는 아이들의 도움으로 탈출에 성공하지만 일대 추격전이 벌어진다. ET와 아이들은 함께 자전거를 타고 도망을 치지만 아무리 빨리 내달려도 경찰들의 추격을 따돌리기에는 역부족이다.

마침내 ET 일행이 붙잡히려는 아슬아슬한 찰나, 그들을 태운 자전거가 하늘로 날아오른다. 자전거는 창공을 비행기마냥 날게 된다. 그들을 뒤쫓던 경찰들은 하늘만 쳐다보며 어찌할 바를 모른다. 이윽고 ET는 아이들과 헤어져 하늘 드높이 그의 별로 날아오른다.

우리는 누구나 어린 시절에 하늘을 나는 꿈을 자주 꾼다. 그 꿈속에서 괴물이나 악마 또는 무서운 어른에게 쫓겨 한참을 죽어라고 뛴다. 하지만 추격자는 바짝 따라붙는다. 그 무시무시한 손이 아슬아슬 뒤통수에 와 닿을 것 같은 바로 그 순간, 몸이 위로 붕 떠오른다. 그 여세로 창공에 드높이 날아올라 훨훨 나는 한 마리 새가 된다.

이처럼 어릴 적 꿈속에서 우리들은 누구나 ET였다. 하늘을 나는 ET는 한창 자라는 때의 아이들의 꿈이다. 스필버그 감독이 어느 날 갑자기 새로이 연출한 것이 아니다.

하늘을 나는 꿈의 의미는 깊다. 사춘기에 갓 접어든 소년들은 자신도 모르게 본능에 사로잡힌다. 즉, 남녀 간의 사랑과 성에 눈뜨게 되고 욕망을 품게 된다. 하지만 어른들이 그 욕망을 막고 억누른다. 소년들이 그 욕망을 채우거나 드러내는 것을 하지 못하게 가로막고 나선다. 이러한 가로막기는 은근하게 행해지기도 한다. 바로 꿈에서 소년들을 붙잡으려 하는 어른들의 모습이 그러하다. 하지만 그로 인해 사춘기 소년들의 욕망이 짓눌리고 뭉개져 버리지는 않는다. 소년들은 어떻게든 그 욕망을 채우려 한다. 하다못해 꿈에서라도.

소년들은 꿈속에서 어른들의 손아귀를 벗어나 하늘을 훨훨 난다. 소년들은 꿈에서 새가 되기도 하고, 비행기가 되기도 한다. 이럴 때의 하늘 날기는 '승화(昇華)'라 할 수 있다. 승화는 민망하거나 내놓고 말하기 거북한 것 따위가 그럴싸하게 꾸며지거나 모습을 바꾸는 것을 의미한다. 이는 분석심리학에서 인간의 본능적이고도 충동적인 동물적 욕구가 아름답고 바람직한 것으로 바뀌어 나타나는 현상을 뜻하기도 한다.

경찰들에게 붙들리기 직전 아슬아슬하게 하늘로 날아오른 순간의 ET나, 무서운 어른들에게 쫓기다 잡히려는 순간에 붕 하고 하늘로 날아오르는 꿈속의 소년이나 모두 하나같이 승화하고 있다.

사람들은 꿈을 통해 날고 또 난다. 그뿐만이 아니라 신화나 전설, 민담 등의 설화나 문학 작품 속에서도 사람들은 하늘을 나는 행위를 통해 간절한 소망을 이루어왔다. 그러한 소망은 신과 천사에 투영되어 있는데, 한국의 설화에서는 선녀가 천사 노릇을 하며 신들과 나란히 하늘과 땅 사이를 오갔다. 한국의 설화 중에는 하늘과 땅 사이를 오가는 이야기가 많다. 「해와 달이 된 오누이」에서는 어린 남매가 동아줄을 타고 하늘로 오르고, 「선녀와 나무꾼」에서는 날개옷을 입고 승천한 선녀를 따라 나무꾼이 두레박을 타고 하늘로 오른다. 또한 중국 명나라 때의 장편소설 『서유기(西遊記)』에서 주인공 손오공은 구름을 타고 하늘을 난다. 이렇듯 한국을 비롯해 세계 여러 나라의 설화와 고전 문학 속에는 용이나 새를 타고 하늘을 나는 주인공이 자주 등장한다. 비상(飛翔), 즉 나는 것은 사람들이 그리는 꿈이다.

이러한 꿈은 신화 속에서 더한층 절실하다. 신화 속 주인공은 신 또는 신격화된 인물로 동아줄이나 두레박 없이 스스로 하늘을 난다. 까마득한 그날, 태초라고 불리는 아득한 그날의 신이나 신에 견주어지는 인물들은 하늘에서 내려온다. 즉, 하늘에서 지상으로 찾아온다. 신화에서는 그것을 강림(降臨) 또는 하강(下降)이라 일컫는다. 신 또는 신격화된 인물은 하늘과 땅 사이를 여행하는 것이다. 한국 신화도 이러한 신 또는 신격화된 인물들의 우주여행

으로 그 말머리를 열고 있다. 국가나 씨족의 조상은 어김없이 우
주여행을 통해 지상에 내려와 공동체를 꾸리고 역사를 만들기 시
작했던 것이다.

2

하늘을 나는 신

: 신화시대의 슈퍼맨과 해리포터

  신라의 육촌(六村), 여섯 마을의 시조들은 모두 하늘에서 내려왔다고 전해진다. 이들은 지상의 산 위에 강림했다고 하는데 『삼국유사(三國遺事)』에는 '종천이강(從天而降)', 즉 하늘을 따라 내려왔다고 쓰여 있다. 육촌의 시조가 그와 같은데 하물며 그들이 모셔 받든 나라의 시조는 어떠할까. 고조선을 비롯해 부여와 신라의 시조는 눈부신 빛과 더불어 하늘의 기운을 받아 하늘의 정기로서 지상에 내려왔다. 따라서 이들은 '천제자(天帝子)', 곧 하늘의 제왕의 아들이라고 일컬어지기도 했다.

  양산(楊山) 아래 나정(蘿井) 우물가에 이상한 기운이 번갯불처럼 땅 위에

제1강 하늘을 날아 우주여행 21

드리워졌다. 흰말 한 마리가 엎드려 절하고 있기에 가서 살펴보니, 큰 알 (또는 푸른 큰 알) 하나가 있었다. 말은 사람들을 보자 길게 울부짖으며 하늘로 올라갔다. 알을 깨니 동자가 나타났다. 모습이 단정하고도 아름다웠다. 모두 놀라서 동천 우물에서 멱을 감겼다. 동자의 몸에서는 빛살이 발하였으며, 새와 짐승 들은 춤추고, 천지가 진동하며, 해와 달이 밝고 맑았다. 그래서 그 아이를 혁거세(赫居世)라 이름 지었다.

- 『삼국유사』

신라의 시조 혁거세는 이렇게 하늘에서 지상으로 내려왔다. 일단 하늘에서 내려왔으니 그가 그 뒤에도 하늘과 땅 사이를 오가며 우주여행을 했으리라고 여기는 것은 극히 자연스럽다.

그런데 혁거세보다 한결 더 장쾌하게 하늘을 날아서 우주여행을 한 인물이 있다. 바로 한국의 아주 오래된 왕국, 신라나 고구려보다 앞서 탄생한 부여의 시조 해모수다. 해모수는 다섯 마리의 용이 이끄는 수레를 타고 스스로 날아 지상에 내려왔다. 머리에는 까마귀 깃털로 된 관을 쓰고, 허리에는 용의 무늬가 영롱한 검을 차고 있었다. 그가 하늘을 날 때면 백여 명의 시종(侍從)들이 고니를 타고 뒤따랐다. 그럴 때면 음악 소리가 빛깔 영롱한 구름 속에 번지곤 했다고 한다. 그야말로 눈부신 판타지가 아닐 수 없다.

신화는 해모수가 아침 해가 뜰 때 지상으로 내려와 해가 질 녘에 하늘로 되돌아갔다고 하고 있다. 즉, 해모수는 태양의 움직임과 함께 하늘과 땅 사이를 오고 간 셈이다. 그는 태양처럼 숭상된 왕이었던 것이다. 이를테면 '태양 왕'이었다. 해모수에게 '하늘을 날 것 같은 기분'이란 말은 필요가 없을 것이다. 원한다면 그 어떤 도움 없이 제 힘, 제 몸으로 하늘을 훨훨 날 수 있었기 때문이다. 그러니 해모수는 '새 사람', 즉 '조인(鳥人)'이다. 그는 비행기나 헬리콥터를 타고 하늘을 나는 현대인을 궁색하게 여길 것이다. 인공위성을 타고 나는 걸 본다면 웬 소란이냐고 퉁을 놓을지도 모른다. 현대의 비행체는 그의 '오룡거(五龍車)'와 비할 바가 못 된다. 오룡거는 다섯 마리의 용이 이끄는 수레다.

해모수의 아들 역시 하늘을 나는 왕의 계보를 잇는다. 주몽(朱蒙), 즉 고구려의 시조 동명왕(東明王)은 스스로 '천손(天孫)', 곧 '하늘의 자손'이라 칭했다. 그의 뜻은 하늘과 통하였을 뿐만 아니라 하늘이 그를 위해 왕궁을 지었다는 이야기도 남아 있다. 하늘의 자손으로서 하늘의 은총을 받아 왕이 된 주몽은 19년 동안 나라를 다스리다가 마침내 하늘로 올라가서 다시는 지상으로 내려오지 않은 것으로 전해진다. 따라서 주몽 역시 우주여행을 한 것이라 볼 수 있다.

이와 같은 하늘을 나는 인물 이야기는 상고 시대 신화에서만 찾아볼 수 있는 것이 아니다. 후세의 신라에서는 다음과 같은 이야기가 전해진다.

신라 경덕왕(景德王) 시절, 어느 벼슬아치의 집에 욱면이란 여자 종이
있었다. 욱면은 주인을 따라서 절에 가 뜰에 서서 지극히 불공을 올렸다.
주인은 욱면이 일하지 않는 것을 미워해 곡식 두 섬을 주며 하루저녁에
찧게 했는데, 그녀는 초저녁에 다 찧고 절에 와서 부지런히 염불했다. 그
러던 어느 날 욱면은 뜰의 좌우에 두 개의 말뚝을 박은 후, 두 손바닥을
줄로 꿰어서 말뚝에 맸다. 그러고는 두 손을 모아서 합장하며 몸을 흔들
면서 신앙심을 다그쳤다.

욱면의 불심이 그러한 경지에 이르자 하늘에서 "욱면은 법당에 들어와
서 염불하라"는 목소리가 들렸다. 얼마 후 서쪽 하늘에서 음악이 울렸고
그 가락을 따라 욱면의 몸은 법당 지붕을 뚫고 하늘로 치솟아 육신을 버
리고 부처로 변해 극락으로 날아갔다.

- 『삼국유사』

이렇듯이 신화 속 고대의 왕들이 하늘에서 내려와 마침내 하늘
로 돌아간 것처럼, 전설은 하늘을 나는 인간을 그려 보였다. 그리
스 신화에서도 신들은 하늘과 땅 사이를 제 집의 뜰 안처럼 오르
내리고 있다.

그러나 하늘을 나는 주인공은 신화나 전설에서만 등장하는 것

이 아니다. 영화에서도 숱하게 많은 사람들이 하늘을 날고 있다. 〈이티〉와 〈슈퍼맨〉이 그러하다. 또한 판타지 소설인 『해리포터』에서는 갖가지 괴물과 요물이 요상하게 날뛰고 설치는 가운데, 해리와 그 일행이 빗자루나 유니콘을 타고 창공을 무시로 날고 있다. 그러니 해모수는 슈퍼맨의 대선배이자, 호그와트 마법학교의 까마득한 선구자가 된다. 신화 속 주인공들은 현대의 영화, 소설, 애니메이션 등에 이처럼 후손을 남기고 있다.

3

나무 타고 하늘 오르고, 밧줄 타고 우주여행을

인간이 영원히 부러워할 수밖에 없는 존재, 바로 새다. 새처럼 하늘을 날기를 바라는 것은 땅에 발을 붙이고 사는 인간의 숙명이다. 수리와 매 그리고 학은 인간의 소망을 품고 창공을 난다. 그들의 삽상한 바람칼에 사람들의 꿈이 설렌다. 비상은 아스라한 하늘과 맞닿고자 하는 인류의 꿈이자 숙원이다. 그리고 신화의 시작이다.

신화의 주인공들은 하늘을 나는 것을 통해 보통 사람과 다름을 보여준다. '하늘을 나는 인간', 그는 특권을 누리고 있는 인간이다. 초인이라 할 수 있는 그는 신격(神格)을 갖춘 왕이 되기도 한다. 그 예로 한국 고대 왕국의 왕들은 몸에 날개를 달고 있는 것이나 마찬가지였다. 신라 금관을 보면 새 날개 모양의 장식이 금방이라도 파닥거릴 듯이 돋보인다.

하늘에서 내려온 존재로서 왕국의 시조가 된 대표적인 인물은 신라의 혁거세다. 또한 경주 김씨의 시조인 김알지(金閼智)도 하늘에서 내려왔으며, 거슬러 올라가 보면 단군의 아버지 환웅(桓雄)도 다를 바 없다. 이 셋은 모두 '천신족(天神族)'으로서 지상에 내려와 왕이 되거나 왕국의 시조가 되었다. 이를테면 '하늘 사람'이라서 그러한 특전을 누린 것이다. 하늘은 시조들의 고향이다.

이 가운데 혁거세는 우주 동물이라 할 수 있는 천마(天馬)를 타고 하늘에서 지상으로 내려온 것이나 다를 바 없지만, 환웅은 태백산(太白山: 백두산) 신단수(神壇樹)라는 나무 아래에 내렸다고 했다. 이것은 그가 나무를 타고 하늘에서 내려온 것이며, 그 나무가 예사 나무가 아닌 '우주 나무'라는 것을 암시한다고 볼 수 있다. 우주 나무는 북유럽 신화에 등장하는 '위그드라실(Yggdrasil: 세계수. 거대한 물푸레나무로 우주를 뚫고 솟아 있어 우주수라고도 함)'처럼 오대주의 한복판에 뿌리를 내리고 온 우주를 떠받치는 기둥 구실을 하는 나무다. 한국의 여러 고장에서 마을 지킴이 노릇을 하며 신주(神主) 대접을 받는 '당산나무' 역시 우주 나무이자 신단수의 사촌이다.

이처럼 인간이 나무에 부치는 꿈은 하늘에 부치는 꿈에 버금간다. 아스라이 높이 솟은 정정한 초록빛 나무, 드넓게 뻗은 가지마다 푸른 잎들로 가득한 나무는 작은 하늘이다. 그것은 '나무 하늘'이고 '하늘 나무'다. 나무를 우러르며 아이들은 하늘에 닿기를 소원한다. 그리고 맨 꼭대기 높다란 가지에 걸터앉는 것만으로도 이미 절반은 하늘에 가 있곤 한다. 그때의 아이들은 이미 우주 항공사다. 어쩌면 흔들리는 나뭇가지에 앉아 '호모 에렉투스(Homo erectus)', 즉 두 발로 서는 직립 인간이 되기 이전의 원시 시대의 기억이 되살아날지도 모른다. 그 유쾌하고 신나던 시절이⋯⋯. 가지가 바람에 설레면 몸이 둥실대며 구름을 탄 기분이 된다. 아이들만이 아니다. 마을 안의 어른들도 소슬함에 빠져 우람진 정자나무 아래에서 잊었던 동심에 더러더러 젖곤 한다. 그런 나무 중에서 유독 우뚝한 것이 단군 신화 속 신단수다. 신단수는 백두산 정상에 당당히 치솟아 있던 박달나무다. 박달나무는 느티나무, 느릅나무, 팽나무 등과 더불어 이 땅의 대표적인 교목(喬木)이다. 우람지고 도도하며 의젓하고 담차다.

이렇듯 과거 한국의 고장과 마을의 모든 동산은 이들 나무가 하늘을 떠받들고 있어 늘 싱그럽고 활기찼다. 그 나무들은 신목(神木)이 되어서 신주(神主)로 섬김을 받았다. 누구든 그 아래 엎드려 합장하면 그의 소원은 하늘로 전해지기 마련이었다. 그리고 시인 윤동주처럼 하늘을 우러러 한 점 부끄럼 없는 마음을 간직하곤 했던 것이다.

신단수는 그런 신목 가운데서도 으뜸이다. 신목들의 시조나 마찬가지다. 이는 『삼국유사』에 실린 단군 신화를 통해 충분히 알 수 있다. 고조선 사람들은 신단수 아래에 신시(神市), 곧 신의 터전이자 고을을 마련했다. 고조선 사람들이 그곳에 그들의 거룩한 신을 모시고 굿을 했다는 것을 능히 헤아릴 수 있다. 오늘날에도 남아 있는 농촌의 풍속 중 서낭굿이나 도당굿, 당산제가 바로 신단수 아래서 치러진 셈이다. 이들 굿은 마을의 지킴이인 '서낭신'에게 바치는 굿인데, 서낭신은 서낭나무에 깃든 신 또는 서낭나무를 타고 하늘에서 내려온 신을 뜻한다. 즉, 지금의 마을 굿의 유래는 고조선으로 거슬러 올라가는 것이다. 이러한 예는 앞서 말했듯이 각 마을의 서낭나무를 그 마을의 우주 나무라 생각하도록 유도하고 있다.

천신의 아들은 지상에 살고 있는 사람들의 조상이 되기 위해서 어릴 때 하늘에서 내려온다. 지상에는 우주 나무가 있어서 그는 그 나무에 의해서 보호되고 길러진다. 이 아이가 어른이 되어 자신이 어디서 태어났는가 물었을 때, 나무는 그에게 그의 내력에 대해 일러준다. 이를 계기로 그는 아내를 얻고자 먼 길을 나선다.

이것은 시베리아의 원주민인 야쿠트(Yakut) 족이 간직하고 있는 신화로, 단군 신화의 환웅 이야기와 상당히 닮아 있다. 한국 신화는 시베리아 원주민의 신화와 곧잘 비교되는데, 이 대목의 우주 나무 또는 우주 기둥은 그 같은 비교의 단서가 된다.

인류학에서 '코스믹 트리(cosmic tree)'라 불리는 우주 나무는 그 사촌 격인 '코스믹 필라(cosmic pillar)', 즉 우주 기둥과 마찬가지로 지상 세계의 한복판 높다란 곳에 뿌리를 내렸으며, 그 가지 끝은 하늘에 닿아 있다고 전해진다. 옛사람들은 하늘을 떠받치는 이 우주 나무가 우주와 지상 세계를 지탱해주는 버팀목이 된다고도 믿었다. 하늘과 땅이 각각 지붕과 바닥으로 마치 한 채의 집과도 같은 구조물을 이루고 있다고 보고, 그 중심부의 기둥 구실을 하는 것이 우주 나무라고 생각한 것이다. 그러니 우주 나무는 하늘과 땅을 이어주는 매개체가 되는 것이다. 여기서 우리는 「해와 달이 된 오누이」를 거듭 떠올리게 된다.

옛날 그 옛날 홀어머니를 모시고 어린 오누이가 가난하게 살고 있었다. 어느 날 어머니는 이웃 마을로 품팔이를 갔다 오는 길에 그만 호랑이에게 화를 당하고 말았다. 못된 호랑이는 오누이마저 노리고 집으로 찾아왔다. 방 안에 들이닥친 호랑이에게 오누이는 꾀를 부렸다.

"호랑님, 호랑님, 우릴 잡아잡수시다가 목에 메면 안 되니 부엌에 가서 물을 드시고 오셔요."

바보 같은 호랑이가 부엌으로 나간 틈을 타 오누이는 우물가에 솟아 있는 큰 나무 위로 몸을 피했다. 뒤늦게 속은 것을 알아차린 호랑이는 나무 밑에서 위로 오르려고 기를 썼다. 미끄러져 엉덩방아를 찧은 호랑이는 나무를 무섭게 흔들었고, 사나운 발톱으로 나무 밑동을 긁어대기도 했다. 오누이는 나무가 부러져 땅으로 떨어질까 봐 겁이 났다. 그래서 하늘에 대고 빌었다.

"우리를 살려주세요. 성하고 굵은 줄을 내리시어 우리가 타고 하늘로 올라가게 해주세요."

하늘은 굵고 실한 동아줄을 내려주었다. 오누이는 줄을 타고 하늘로 올라가서 해와 달이 되었다.

이 이야기에서 오누이가 하늘로 올라갈 수 있게 사다리 역할을 한 나무는 우주 나무의 면모를 갖추고 있다고 볼 수 있다. 이 설화는 하늘에 비로소 해와 달이 생겨난 것을 이야기함으로써 천지 개벽 신화 또는 천지의 탄생을 말하는 창조 신화의 성격을 띤다.

이를 통해 이 이야기 속의 나무가 우주 나무로 간주될 가능성은 그만큼 커진다. 오누이가 하늘에서 내려온 동아줄을 잡게 되는, 호랑이를 피해서 올라간 나무는 오누이의 신단수인 셈이다. 즉, 단군 신화에 솟아 있는 신단수 또는 신라 금관의 나무 형상과 견줄 수 있다.

우주 나무나 신단수는 지금도 우리 곁에 의젓하게 우거져 있다. 앞에서 말한 시골 마을의 당산 나무가 바로 그렇다. 그 앞에서 마을 사람들이 나무에 깃든 신을 섬기고 고사를 드릴 때, 단군 신화는 다시 되살아나고 있는 것이다.

나무 타고 하늘로 올라가서 해와 달이 된 오누이! 그러한 경지를 꿈꿔 본 적 없는 사람이 누가 있을까? 높은 나무를 타고 하늘에 올라가서 온 세상을 눈부시게 밝히는 빛살이 되고 싶은 욕망, 어두운 밤을 영롱하게 비치는 광명이 되고 싶은 욕망, 그것은 지상의 삶을 사는 존재로서 누구나 한 번은 간직했음 직한 꿈이 아닐까 싶다.

이렇듯 저 높은 하늘로의 여행, 즉 천계(天界) 여행을 사람들은 오랫동안 줄곧 꿈꾸어 왔다. 새처럼 훨훨, 아니면 용이나 천마라는 하늘 말 또는 구름을 타고 하늘과 땅 사이를 오가기를 꿈꾸어 왔다. 또한 하늘에 닿을 듯이 우거져 있는 우주 나무를 타고 하늘과 땅을 오고 가는 것도 꿈꾸었다.

사람들은 밧줄이나 실한 끈에 의지해 하늘을 내왕하는 소망을 신화나 전설에 담기도 했다. 맑고 소슬한 가을날, 연이 줄을 타고 저 높은 하늘에 닿는 것처럼 사람들도 같은 수단으로 승천하기를 꿈꾸었다. 그 줄은 우주 나무에 견줄 '우주 밧줄'이었던 셈이다. 그리고 보면 하늘을 내왕하는 것은 땅 위를 걸어 다니는 것과는 비교도 안 될 만큼 다양하고 복잡했던 셈이다. 하늘에 닿고자 한 사람들의 꿈은 그토록 간절했으며, 천계 여행은 그렇게 요란했다.

설화 「선녀와 나무꾼」에서 우리는 '줄타기의 천계 여행' 또는 '밧줄 타기의 우주여행'을 보게 된다.

까마득히 먼 옛날 어느 산골에 나무꾼이 살고 있었다. 그는 부지런히 나무를 해 장에 내다 팔아 살림 밑천으로 삼았다. 그는 무척 어질고 또 착했다.

어느 날 나무꾼은 사냥꾼에게 쫓기는 사슴을 구해주었다. 사슴에게 숨어 있으라 한 뒤, 사냥꾼에게는 엉뚱한 방향을 일러주어 따돌린 것이었다. 사냥꾼이 사라지고 난 뒤 사슴은 나무꾼에게 보답을 한다. 보름달 밤에 선녀들이 하늘에서 내려와 멱 감는 연못을 일러준 것이었다.

나무꾼은 사슴이 일러준 대로 선녀가 멱을 감는 사이, 벗어둔 날개옷을 감추어 선녀가 하늘로 가지 못하게 했다. 이리하여 선녀는 나무꾼의 아내가 되었다. 사슴은 아이 셋을 낳을 때까지 선녀에게 날개옷을 보이지 말라고 했다. 그러나 아이 둘을 낳고 난 후 나무꾼은 그만 아내에게 날개옷을 보여주고 말았다. 날개옷을 입은 선녀는 아이 둘을 데리고 하늘로 올라가 버렸다. 그러자 다시 사슴이 나타나 일러주기를, 예전 그 연못에 가면 하늘에서 물을 긷기 위해 두레박을 내리니 그것을 타고 하늘로 올라가 선녀와 아이들을 만날 수 있다고 했다.

나무꾼은 연못으로 갔다. 사슴의 말대로 두레박줄이 내려왔다. 나무꾼은 그 줄을 붙들고 달랑달랑 하늘로 올라가 아내와 아이들을 다시 만날수 있었다.

「선녀와 나무꾼」 이야기는 줄이 땅에서 하늘로 오를 수 있는 요긴한 수단임을 일러주고 있다. 우주여행을 하고 싶었던 인간들은 하다못해 끈을 잡고서라도 뜻을 이루어보고 싶었던 것이다. 누구나 마음속에는 나무꾼이 되고자 하는 꿈이 간직되어 있을 것이다.

4

'우주 나무', 우뚝한 신라의 왕관

신라의 찬란하고도 위엄에 찬 금관의 정면에는 나무와 사슴뿔 그리고 새의 날개깃이 덩두렷하게 자리하고 있다. 나무는 우뚝하고 사슴뿔은 서슬이 퍼렇고 날개깃은 날렵하다. 이들이 신라의 왕권(王權)을 상징한다는 것은 쉽사리 짐작이 간다.

그런데 왜 하필 나무와 사슴뿔 그리고 새의 날개깃이 왕의 권력을 나타내는 모양이 된 것일까. 여기에는 문화·사회적 환경, 신화와 맺어진 역사 등이 엉켜 있다. 동북아시아의 시베리아 원주민의 민간신앙 또는 신화를 보면 이러한 문제에 관한 실마리를 찾을 수 있다. 이는 한국의 상고 시대 문화와 역사가 동북아시아의 시베리아와 깊은 연관이 있음을 뜻한다. 가마득한 옛날, 부여와 고구려 사람들은 지구상에서 가장 오래되고 깊은 호수인 바이칼(Baikal) 호와 그 물줄기에서 뻗어 나가는 안가라(Angara) 강의 동쪽 시베리아 땅, 대지(大地)란 말이 비로소 실감 날 그 광막한 무한의 땅에 삶의 터전을 이룩해낸 퉁구스(Tungus) 족(만주족), 야쿠트족, 에벤키(Evenki) 족 등과 어깨를 나란히 했던 것이다. 이렇듯 한국의 상고 시대 북방계 문화는 '범시베리아'적이었다.

사슴은 시베리아의 샤머니즘(무속신앙)에서 상징적인 동물이었다. 이승과 저승 사이, 하늘과 땅 그리고 지하 세계를 마음대로 여행한다고 여겨진 샤먼(shaman), 곧 무당의 넋이 지하 세계를 여행할 적에 사슴은 중요한 역할을 맡아 했다. 그 날카로운 뿔로 땅을 헤치면서 샤먼을 안내했던 것이다. 이때의 사슴은 땅을 파서 길을 내는 굴착기나 같았던 셈이다. 즉, 사슴은 '지하 동물'이라 할 수 있다. 이와 대조적으로 새는 샤먼의 영혼이 하늘로 여행할 때의 보조자였음을 짐작하고도 남는다. 그렇다면 지하 세계의 안내자 역할을 한 사슴과 하늘 여행의 보조자 구실을 한 새와 더불어 나무를 생각하면 어떤가? 나무는 새가 누비는 하늘과 사슴이 헤치고 가는 지상 및 지하 세계를 이어주는 매개체라 볼 수 있다.

금관을 머리에 쓴 신라의 왕들은 지하 세계와 창공의 세계 사이를 마음껏 넘나들었던 것이다. 그들은 우주여행을 하는 우주인이었다. 그때의 사슴뿔과 새의 날개깃 그리고 나무는 서로 어울려 우주를 이룩해냈다. 신라의 왕은 '우주 왕'이 되었다.

이같이 사슴과 새와 나무의 뜻을 풀이하면 그 셋을 두루 갖춘 신라 금관의 의미와 상징성을 쉽사리 알 수 있다. 즉, 신라의 금관은 신라의 왕권이 국가만이 아니라 하늘과 지상, 지하 삼계(三界)를 두루 지배하고 다스렸다는 것을 말해준다. 신라의 왕들은 삼계의 제왕(帝王)이었던 것이다. 신라의 왕관에도 신단수가 하늘을 찌를 듯 우뚝 솟아 있는 셈이다. 거기에는 까마득한 옛날부터 우주 나무의 신화를 일구어낸 인류의 꿈이 푸르게 우거져 있다.

기원전 2000년경 수메르(Sumer: 중동 지역에 있던 고대 문명) 인들은 훌루푸 나무(Huluppu tree)라는 우주 나무를 그들의 신화에 심었다. 꼭대기에는 '우주 독수리'가 둥지를 틀고 있고, 뿌리에는 '우주 뱀'이 똬리를 틀고 있는 훌루푸 나무에 왜 우주 사슴이 깃들여 살지 않았을까? 그랬더라면 신라 금관의 우주 나무와 빼닮았을 텐데 말이다.

금관을 쓴 신라의 왕들은 사슴처럼 지하 세계를 다스리는 한편, 새 날개가 말해주듯 천신으로서 하늘을 날았다고 생각되었다. 하늘의 나라가 신라 왕들의 삶의 터전이었던 셈이다. 이는 고조선과 부여의 환웅과 해모수 역시 마찬가지였을 것이다. 이러한 천신들의 신화가 실제로 전해지고 있다. 그들은 주로 부여와 고구려 등 북방계 왕국들의 시조이거나 왕이었다.

부여의 왕 해모수는 찬연하게 하늘을 비상했다. 그는 오룡거, 곧 다섯 마리의 용이 이끄는 수레를 타고 하늘과 땅 사이를 내왕했다. 상상해보면 이는 보통 장쾌하고 삽상한 게 아니다. 구름을 헤집고 바람을 헤치며, 날렵하게 약진하는 용들의 허리쯤에 실린 황금 수레 위에 버티고 앉은 부여의 왕 해모수! 그는 한국 신화에 처음으로 등장하는 우주 비행사다. 그는 아침에 지상으로 내려와 나라를 다스리다가 해질 녘이면 하늘로 되돌아가곤 했다고 전해진다. 그것은 태양의 하루 행적과 일치한다. 해모수는 해돋이처럼 날아와서는 해가 지는 듯이 날아간 것이다. 그러한 까닭에 그는 부여 사람들에게 왕이자 태양신으로 섬김을 받았을 것이다. 그의 핏줄을 이어받고 고구려의 시조가 된 주몽 역시 그리 믿어졌으리라는 것은 쉽게 짐작할 수 있다.

제 2 장

신바람의 춤, 신맞이의 춤

신은 하늘에서 내려오고
사람들은 지상에서
신을 맞았으니.

그래서 사람들은 신바람 내면서
신바람 나는 춤으로
신을 맞이했으니.

아득한 태초의 신마중

: 비보이의 선배

    한국인은 심신이 상쾌하면 '신 난다'고 한다. 마음이 흡족하고 기분이 좋으면 '신바람 난다' 또는 '신명 난다'고도 한다. 그럴 땐 으레 덩실덩실 춤을 춘다. 춤바람이 든다. 신명 나는 춤판이 벌어진다. 한데 그 신명의 춤바람은 까마득한 태초, 나라가 세워지기 이전인 태초에 이미 신 나게 피워졌다.

    신화시대의 이 땅의 사람들은 신에 지핀 춤을 췄다. 그리고 그 내력은 오늘날까지 이어진다. 한국 역사상 최초의 신명 나는 춤바람은 『삼국유사』에 간략히 실려 전해지는 가락(가야)에 관한 역사서 『가락국기(駕洛國記)』에 다음과 같은 내용으로 전해진다.

개벽(開闢)하고 하늘과 땅이 비로소 열리고 난 뒤, 아직 나라 이름조차 없었던 시절이건만 가락의 백성은 춤으로 신마중을 했다. 가야라고도 불린 가락, 한반도의 동남 끝 그 땅에는 아홉 고을을 이끄는 추장, 곧 우두머리들이 있었다.

그들이 백성과 함께 북쪽 구지(龜旨)의 봉우리에 모여 있을 때 사람 목소리를 닮은 신비한 소리가 하늘에서 들려왔다. "여기 사람들이 있느냐?" 아홉 우두머리가 답하길, "네, 우리들 여기 모여 있습니다"라고 하자 하늘의 소리가 다시 물었다. "여기가 어디냐?" 아홉 우두머리는 지체 없이 "구지입니다"라고 아뢰었다. 그러자 하늘의 소리가 말했다.

"하늘의 신께서 내게 명하시길 이곳을 다스리라 하셨느니라. 나라를 새로이 세워서 왕이 되라 하셔서 내가 여기 내리노라. 나를 맞아 너희는 모름지기 구지의 봉우리에서 흙을 파헤치며 노래하라. 그러면 곧 대왕(大王)을 맞이하게 될 것이고, 이에 너희들은 매우 기뻐서 춤추게 될 것이다."

하늘의 소리는 노랫말을 일러주고 그 노래에 맞춰 춤을 추라고 했다.

"거북아, 거북아 모가지를 내어 놓아라
만약 아니 내어 놓으면
불에 구워서 먹으리라."

아홉 우두머리는 신의 분부를 받들어 크게 감동하며 노래하고 춤췄다. 그리고 이내 하늘을 우러러보니 자줏빛 줄이 하늘에서 지상으로 드리워졌다. 모두 삼가 줄 아래를 살펴보았더니 붉은 천에 싸인 황금 상자가 있는 게 아닌가. 조심조심 상자를 열어보니 그 안에는 황금 알 여섯 개가 햇빛처럼 빛나고 있었다. 사람들은 놀라며 기뻐했다. 그리하여 절을 백 번 하고 황금 상자를 받들고 돌아와 정중하게 평상 위에 모셔두었다.

열이틀 지난 다음 드맑은 날에 사람들이 상자를 열어 보니 여섯 개의 알이 모두 부화해 동자들이 되어 있었다. 동자들은 나날이 부쩍부쩍 자라 십여 일이 지나자 신장이 아홉 척이 넘었고, 얼굴이며 몸맵시는 여간 거룩하고 아름다운 게 아니었다. 그들은 각각 여섯 가락의 왕이 되었다. 그 가운데 최초로 알에서 부화한 분의 이름을 수로(首露)라 했는데, 그를 왕으로 모시고 나라 이름을 대가락(大駕洛)이라 했다.

이것이 바로 이 땅에서 일어난 신내림, 신마중의 첫 장면이다. 혁거세와 김알지, 해모수 그리고 단군의 아버지인 환웅까지 모두 하늘에서 지상으로 신내림을 하고 있지만, 그 구체적인 모습은 전해지지 않는다. 오직 가락의 수로왕을 두고서만 이 같은 신내림이 전해진다.

이처럼 신이 내려오면서 이 땅에 비로소 역사가 시작되었다. 나라가 서고 문화의 기틀이 잡혔다. 한데 신내림의 장면은 『가락국기』에서 일러주고 있는 대로 여간 장관이 아니다. 성스럽고 눈부시고 놀랍다. 상상만 해도 가슴이 설렌다. 그 가운데 우리는 두 가지에 마음이 이끌리게 된다. 하나는 빛이고 다른 하나는 춤이다. 이때의 춤은 노래와 짝을 이룬다.

가락의 신화는 자줏빛과 황금빛으로 현란하다. 자줏빛은 동트는 새벽, 그 여명의 빛이다. 짙푸른 빛살에 붉은 기운이 감도는 성스러운 빛이다. 갓밝이의 빛이다. 그것은 신생을 의미하고 새로운 시작을 상징한다. 황금빛은 부귀와 영화를 나타낸다. 군왕의 위엄과 권위를 상징하기도 한다. 신라의 왕관이 황금관인 것은 그 때문이다. 수로왕은 온몸이 황금빛으로 휘감겨 있었다. 또한 수로왕의 신내림은 자줏빛과 황금빛으로 이글대고 있었다. 그렇기에 그를 맞는 가락국 백성들의 신마중의 춤 또한 같은 빛살로 눈부셨을 것이다.

하늘이 내린 신이자 왕은 가락의 백성에게 춤으로 자신을 맞이하라고 신탁(神託)을 내렸다. 즉, 공수를 내린 것이다. 공수란 무당이 신령이 이르는 대로 신의 소리를 받아서 하는 말이다. 이렇듯 신과 인간 사이의 최초의 대화는 신내림의 춤을 두고 이루어졌다. 그것은 한국 역사상 최초의 춤이다. 또한 최초의 집단 춤이다. 그 춤사위는 아주 특별하다. 신은 산봉우리의 흙을 파면서 춤추라고 일렀다. 하늘의 신이 안무(按舞)를 내린 것이다. 신은 안무가이기도 했다.

신의 안무를 따라 가락의 백성들은 춤추었다. 온몸을 일으켜서

너울너울 춤추다가 문득 땅바닥에 닿게 허리를 구부리며 덩실거렸을 것이다. 그리고 두 팔로 땅을 파는 시늉을 하며 덩달아 허리와 머리를 연신 조아렸을 것이다. 그러다가 와락 몸을 일으켜서 껑쭝껑쭝 뛰고 주변을 맴돌다가 또다시 허리를 굽히는 춤을 추었을 것이다. 그렇게 몸통이 오르락내리락하는 춤사위를 되풀이했을 것이다. 몸이 앞뒤로 약동하고 그와 함께 위로 솟구쳤다가 아래로 처박히고 했을 것이다. 차츰 춤은 열기를 더하며 격렬해져 갔을 것이다. 『가락국기』에서는 그 춤판을 '환희용약(歡喜踊躍)', 즉 '기뻐 날뜀'이라고 표현하고 있다. 신내림의 춤은 신바람 나는 춤이다. 그리고 그것을 부채질한 것은 「구지가(龜旨歌)」다.

거북아, 거북아 모가지를 내어 놓아라
만약 아니 내어 놓으면
불에 구워서 먹으리라

이 협박 투의 노래가 환희용약하는 춤꾼의 기운을 돋우었을 게 뻔하다. 이 노래는 무섭다. 공갈과 위협으로 이글대고 있다. 인간이라면 누구나 나면서 갖추고 있는 공격 본능과 파괴 본능으로 지글대고 있는 이 「구지가」는 묘하게도 신마중의 노래를 겸하고 있다. 그것은 공격 본능과 파괴 본능을 피우는 것이 신바람 나는 일임을 일러주고 있다. 꼬맹이들이 신 나게 장난치며 놀다 난데없이 뭔가를 내던지고 짓부수고 하는 것이 신명을 떨치는 것임을 절로 연상하게 된다.

더욱이 거북에게 목을 내놓기를 재촉하는 것으로 신의 출현이 다그쳐지고 있다는 점을 보면 신묘하다는 생각이 든다. 신은 하늘에서 나타나고, 거북은 지상에서 목을 내어놓게 되어 있다. 두 가지의 출현이 동시에 이루어지는 셈이다. 천지가 서로 호응하고 있다. 이는 또한 가락의 사람들이 신마중하는 것과 짝을 이루고 있다. 거북을 지령(地靈), 곧 대지의 영적인 힘을 갖춘 존재라고 가정하면, 그 지령의 출현과 동시에 하늘에서 천신이 나타나주기를 노래하고 있다고 생각할 수도 있다. 천지의 대령(大靈), 하늘과 땅의 위대한 영적인 존재가 서로 호응해서 인간 앞에 나타나주기를 「구지가」는 빌고 또 합창하는 것이다.

사람들은 「구지가」에 맞춰 춤추고 있다. 구지봉(龜旨峰)에서의 이러한 춤은 가락의 비보이(B-boy)들이 펼치는 춤사위라 할 수 있다. 한국의 모든 역사적 기록을 통틀어 볼 때, 구지봉의 춤은 역사상 최초의 춤이자 비보이 춤의 으뜸이 된다. 몸을 비틀고, 사지를 꼬고, 물구나무서기를 하고, 맴돌이를 치고, 그러고도 모자라서 뛰고 날며 인간의 육체가 빚어낼 수 있는 온갖 모양새를 역동적으로 그려나가는 비보이들의 대선배가 가락국의 구지봉에서 춤판을 벌인 것이다.

구지봉의 춤꾼들은 신바람이 나지 않을 수 없었다. 신이 나고 신명이 났다. 그러면서 하늘에서 내리는 신의 기운을 몸에 실었다. 여기서 춤은 '신지핌'의 춤이다. 사람이 신기를 몸에 받아 신과 혼연일체가 되는 것을 신지핌이라고 한다. '신을 탄다', '신이 오른다'고도 한다. 이것이 소위 접신(接神)이다.

이와 같은 『가락국기』의 신내림 이야기는 정통적(正統的)인 신화다. 신이 하늘에서 지상으로 어떻게 내려와 왕국을 세웠는지를 말하는 것이 이 땅의 신화의 알맹이기 때문이다. 그렇기에 구지봉의 신화는 춤을 추고 있다. 신화는 말로써 이야기되기 전에 몸짓으로, 춤으로 나타난 것이다.

이 신내림 춤의 전통은 현대의 후손들에게까지 전해지고 있다. 농촌 마을에 가면 마을의 수호신에게 별신굿 또는 도당굿을 바칠 때 농악대를 앞세워 춤판을 벌이는 경우를 볼 수 있다. 이는 가락의 구지봉에서의 신내림 춤판을 이어받고 있는 것이다. 마을의 당산은 영락없는 구지봉인 셈이다. 그뿐만 아니다. 가락의 신내림 춤판은 무당에게도 이어졌다. 무당들은 지금도 신화시대의 가락의 사람들처럼 접신의 춤을 춘다. 구지봉의 춤은 한국의 문헌을 통해 볼 수 있는 최초의 무당춤이라고 해도 틀리지 않다. 무당춤은 신내림을 받는 춤이기 때문이다.

2
신내림의 신 나는 춤판

무당은 오늘날 외진 구석으로 물러나 있는 것 같다. 그들은 옛날처럼 마을이나 집안 등의 크고 작은 행사에 관여하지 않는다. 오늘날 그들은 외톨이고 한적하다. 하지만 역사를 되돌아보면 무당은 사회적으로나 국가적으로나 적잖은 역할을 당당히 맡아 했음을 알 수 있다.

신라에는 무왕(巫王: 무당왕)이 있었다. 신라의 두 번째 왕인 남해왕(南解王)은 차차웅(次次雄)이라고도 불렸는데, 차차웅은 왕을 일컫는 말이자 무당을 뜻하는 말이기도 했다. 차차웅은 자충(慈充)이라고도 했는데, 『삼국유사』에는 이에 관해 다음과 같은 풀이가 있다.

세상 사람들은 무당에 의지해서 귀신을 모시고 제사를 지내곤 한 탓에 무당을 두려워하고 또 존경했다. 그래서 왕과 같은 큰 어른을 자충(慈充)이라고 한 것이다.

당시 무당의 사회적 소임은 그토록 중요하고 컸던 것이다. 마을을 지키는 신에 바치는 굿, 이를테면 서낭굿이나 도당굿 또는 당산굿 등의 집단적 종교 행사를 주관하던 자도 무당이었다. 마을의 대표자인 제주(祭主) 못지않게 무당의 임무는 막중했다. 고을의 신을 모셔 고사를 올리는 일은 무당의 몫이었다. 고사가 끝나고 농악대가 마을 안팎을 휘돌아다니며 장단에 맞춰 춤을 출 때는 무당도 춤판에 참여했다.

무당의 신지핌, 신내림 춤은 신화시대 구지봉의 사람들이 추던 춤과 다를 바가 없었다. 무당의 몸에 신이 실리는 것을 접신 또는 신지핌이라고 했다. 이는 무당의 정신과 신령이 하나로 어울리는 경지다. 무당의 굿판에서 춤은 빠질 수가 없다. 신내림을 받기 위해 무당은 천천히 춤을 추기 시작한다. 느린 진양조장단으로 시작해 중모리장단을 거치고, 중중모리장단을 거치면서 무당의 춤은 차츰 속도가 빨라지고 춤사위도 급해진다. 마침내 휘모리장단으로 몰아친다. 진양조장단에서는 앞뒤 또는 좌우로 직선을 그으면서 춤을 춘다. 중모리장단이 되면 나선형으로 실타래가 꼬이듯 하다가, 휘모리장단이 되면 위아래로 사납게 율동하게 된다. 이때의 무당은 마치 날카로운 송곳이 춤추는 듯하다. 바닥에 거칠게 내리 꽂혔다가 위로 용솟음치곤 한다. 마침내 신령이 무당의 몸에 실린 것이다. 이러한 과정을 통해 무당은 마침내 신령이 된다. 그것이 접신이다. 무당의 춤은 신내림의 신바람 나는 춤이다.

　이렇게 무당은 그들이 주관하는 마을의 굿판에서 무용수가 된다. 춤바람을 불러일으키는 춤꾼이 된다. 하늘에서 내리는 신령을 자신의 몸으로 받아, 즉 접신을 이루어 신 나게 춤을 춘다. 이때의 무당은 인간이자 신이며, 신이자 인간이 된다. 무당은 신의 내력과 신의 생각을 춤사위에 싣는다. 신의 성격과 그가 인간에게 말하고자 하는 사연을 춤으로 연출한다. 그로 인해 무당은 신령이 되며, 그의 춤은 신령의 몸짓이 되고 표정이 된다. 무당의 춤은 신화 그 자체인 것이다.

3

강 강 술 래 , 그 달 춤 에 어 린 신 화

영호남 지방에 대해 말할 때 사람들은 흔히 호남은 노래, 영남
은 춤이라고 한다. 그러나 그 구별은 실제로 큰 의미가 없다. 노래
에는 춤이 따르고, 춤에는 노래가 필요하기 때문이다.

청춘아 하늘에 잔별도 많고
쾌지나 칭칭 나네
요내 가슴에 수심도 많다
쾌지나 칭칭 나네

높은 남게 앉은 새는

쾌지나 칭칭 나네

바람 불까 염려되고

쾌지나 칭칭 나네

한국의 대표적인 민요인 「쾌지나 칭칭 나네」에는 으레 춤이 따른다. 그것은 「아리랑」에서도 다를 바 없다.

날 좀 보소

날 좀 보소

동지섣달 꽃 본 듯이

날 좀 보소

아리 아리랑

쓰리 쓰리랑

「밀양 아리랑」 가락은 덩더꿍덩더꿍 어깨춤과 엉덩춤을 타고 불린다. 그런 점은 강강술래 놀이도 마찬가지다. 호남 해안 지대의 강강술래나 영남 지역의 「아리랑」이나 서로 닮은꼴이다.

한데 강강술래가 「쾌지나 칭칭 나네」나 「아리랑」과 다른 게 있다. 「쾌지나 칭칭 나네」와 「아리랑」이 수시로 아무 때나 불리는 노래인 데 비해, 강강술래는 노래가 불리는 시기가 정해져 있다.

다름 아닌 대보름과 추석이다. 즉, 강강술래는 달의 노래, 달밤의 노래다.

강강술래에는 또 하나의 특성이 있다. 강강술래는 노래이자 춤이다. '달춤'인 강강술래는 노래춤이고 춤노래다. 그것도 젊은 부녀자들만의 전유물이다. 그래서 싱그럽고 싱싱하다. 원칙적으로 강강술래는 금남(禁男)의 놀이다. 사내들이 껴들지 못하게 되어 있는 달춤이다.

날이 좋다 날맞이 놀까 강강술래
달이 좋다 달맞이 놀까 강강술래

강강술래는 달과 아우러져 흥청대는 춤이다. 그래서 노랫말에서 '달맞이'가 우쭐대게 된다. 강강술래는 달맞이 노래이자 춤이다.

달 떠온다
달 떠온다
우리 마을에 달 떠온다
강강술래

달춤인 강강술래가 여성과 맺어져 있는 것은 우연이 아니다. 흔히 태양은 남성, 달은 여성에 비유된다. 여성만이 경험하는 생리인 월경을 '달거리'라고 할 때, 여기서의 달은 기간을 뜻하는 달과도 관련되어 있지만 밤하늘에 뜨는 달과도 연관이 있다. 밤하늘의 달이 차고 이지러지는 데 일정한 주기가 있듯 여성들의 월경 역시 주기에 따라 행해진다. 밤하늘의 달은 여성이고, 여성은 달이다.

이것은 여성의 여성다움이 그 본성부터 신화적이란 것을 말하고 있다. 신화는 인간과 해·달 그리고 별 같은 천체와의 합일, 나아가 인간과 우주와의 합치에 대해 흔히 이야기한다. 인간이 우주적인 존재로 탈바꿈하는 것 역시 신화에서 아주 요긴하게 나타나는 본성 중 하나다.

달밤에 달빛을 받으며 달과 하나 되어 춤추는 강강술래 속에서 여성들은 신화적인 존재가 된다. 달빛이 여성이 되고, 여성이 곧 달이 된다. 그러한 상호 동화, 곧 서로 하나가 됨으로써 보름밤에 신화가 엮어진다.

대보름날 밤과 한가위 달밤에 추는 강강술래의 춤사위는 달의 결영(缺盈), 즉 달의 기욺과 참을 반복한다. 그러니 이런 노랫말을 지어 부를 수 있다.

달도 차면 기우나니 강강술래
달도 기울면 차나니 강강술래

내친김에 이 노랫말을 받아서 다음과 같이 노래할 수도 있다.

인생도 차면 기우나니 강강술래
인생도 기울면 차나니 강강술래

　강강술래는 직선형 혹은 나선형, 원형으로 나타난다. 초승달에
서 반달 그리고 온달로 모습을 달리하다가 다시 반달에서 그믐달
로 옮아가는 달의 모양이 그려진다. 얻고 잃고, 차고 삐고 하는 인
생의 원리가 반영된 것이다. 강강술래에는 우리 삶의 자취가 서려
있다. 그것은 인생 이야기다.

　삶의 숨결, 목숨의 율격이 달의 차고 기욺이라는 우주 현상과
짝지어지는 점을 보면 강강술래는 예사 춤이 아닌 신화의 춤이라
볼 수 있다. 여성들은 강강술래를 춤추면서 달의 요정이 되고 달
의 선녀가 된다. 기울면 차고, 차면 기우는 달의 주기는 여성이 월
경을 겪는 현상과 흡사하다. 차고 기우는 삶의 주기는 남녀 모두
에게 있지만 강강술래는 여성의 월경 변화에 맞추어져 있는 것이
다. 결국 여성의 춤인 강강술래는 달이 춤추고 있는 것과 다를 바
가 없다. 강강술래는 신화의 춤, 춤추는 신화가 되는 것이다.

제 3 장

태양까지, 하늘끝까지

새벽의 해돋이
그것은 언제나 개벽(開闢),
언제나 세계의 새로운 시작.

해바라기하면서
사람들은
그들 목숨의 개벽을 꿈꾼다.

1

태양 여행을 한 왕자

  신화에서 남녀의 대비는 하늘과 땅, 또는 해와 달에 비유되어 이야기되곤 한다. 그래서 여성이 달춤인 강강술래를 추며 달이 되기를 바라는 사이에, 남성은 태양과 같아지기를 바란다. 하늘을 닮고 해와 동화하기를 바라면서 남성은 신화의 주인공이 되기도 한다. 고구려의 신화에는 태양과 인연을 맺거나 동화하려 한 남성의 이야기가 전해진다.

  고구려를 세운 동명왕, 즉 주몽은 태양의 정기를 받아 잉태된 것으로 전해진다. 주몽은 커다란 알에서 태어났는데, 이를 괴이쩍게 여긴 아버지 해모수가 알을 내다 버리자 온종일 태양의 빛살이 알을 에워싸고 지켰다고도 한다. 주몽은 태양의 기운을 받아 태어나, 태양의 보살핌을 받아 자라난 것이다. 그는 태양의 아들이다.

하지만 주몽이 우주여행을 했다는 것을 보여주는 신화는 남아 있지 않다. 다만 그의 아들인 유리가 태자가 된 이야기를 보면 주몽 역시 해모수처럼 우주여행을 했으리라 짐작할 수 있다. 유리 이야기는 대략 다음과 같다.

부여에서 자란 주몽은 부여 왕자들의 핍박을 피해 남으로 옮겨 간다. 떠나기 전에 부여에 남겨지는 아내에게 주몽은 다음과 같은 말을 남긴다.

"당신이 사내아이를 낳거든 그 아이가 자란 후 나를 찾아오게 하시오. 아이에게 소나무 밑 바위 아래서 뭔가를 찾아 가지고 내게 오라 일러주시오."

주몽이 떠나고 얼마 지나지 않아 사내아이가 태어났다. 이름을 유리라고 했는데, 그가 소년이 되었을 때 어머니는 아버지 주몽이 남긴 말을 전했다. 유리는 아버지가 말한 그 뭔가를 찾기 위해 산을 헤매고 다니며 바위를 뒤졌으나 아무것도 찾아내지 못했다. 실망한 유리가 집으로 돌아와 우두커니 마루에 앉았는데 바로 곁의 기둥에서 삐꺽대는 소리가 났다. 살펴보니 기둥은 소나무로 되어 있고 그 아래에는 바위를 깎아 만든 주춧돌이 깔려 있는 것이 아닌가!

'바로 이것이구나!'

주춧돌 밑을 파보니 반으로 동강이 난 검이 나왔다. 유리는 동강 난 검을 들고 아버지를 찾아 고구려로 갔다. 이미 왕이 되어 있던 주몽은 유리가 내민 동강 난 검과 자신이 보관하고 있던 또 다른 동강 난 검을 맞춰보았다. 두 동강은 정확히 들어맞았다. 유리가 아들임을 확인한 주몽은 그에게 말했다.

"네가 내 아들인 이상 반드시 신비한 힘을 지녔을 테니 보여 보아라."

유리는 그 말에 바로 몸을 날려 화살처럼 하늘로 아스라이 높게 날아올랐다. 그리고 태양과 맞닿은 후 이내 독수리처럼 몸을 날려서 지상으로 내려왔다. 주몽은 '그럼 그렇지' 하고 유리를 태자로 삼았다. 유리는 훗날 주몽의 뒤를 이어 고구려 제2대 왕이 되었다.

이 신화는 소년 유리가 태양과 맞닿도록 우주여행을 함으로써 비로소 태자의 자리에 올랐음을 말해주고 있다. 유리는 우주여행을 통해 태양의 정기를 몸에 지닌 존재가 되었다. 태양의 정기를 머금게 되는 것은 태자가 되고 왕이 되는 절대적인 조건이었던 셈이다. 태양의 기운을 받아 잉태된 데다 태양의 보살핌을 통해 자라난 동명왕의 아들답다고 할 수 있다.

주몽이 태양에 다다르는 우주여행을 했다는 이야기는 전해지는 것이 없다. 하지만 우리는 그도 우주 비행사였음을 쉽게 헤아릴 수 있다. 아들 유리에게 우주 비행의 능력을 보이라고 요구한 것은 그 자신이 같은 능력을 누리고 있었기 때문이라고 추측할 수 있기 때문이다.

아버지 왕과 아들 왕 모두 태양과 맞닿도록 하늘을 난 우주 비행사의 왕국! 고구려는 우주에서 단연 빛나는 왕국이었을 것이다.

하늘과 땅이 처음 열리던 개벽의 한때

하늘과 땅이 처음 열리다니 무슨 뜻일까? 천지가 비로소 창조되었다는 것은 또 무슨 말일까? 신화는 이러한 물음에서 시작하고 있다. 천지가 열렸다니, 그렇다면 천지는 원래 꽉 막혀 있거나 닫혀 있었단 말인가? 천지가 창조되었다는 것은 지구가 없던 시기도 있었단 말인가? 신화는 이러한 의문을 풀기 위해 탄생한 것이다. 신화는 우주의 시작과 지구의 시작에 대해 던진 물음인 셈이다. 그래서 신화의 근본을 따지다 보면 우주, 그리고 지구의 시작을 이야기하게 된다.

신화의 으뜸은 '개벽신화(開闢神話)'다. 신화는 천지의 개벽으로 비로소 시작되었다. 개(開)는 '열다', '열리다'라는 뜻에 '시작'이라는 의미를 갖고 있다. 벽(闢)도 '열다'라는 뜻이다. 즉, 개벽은 같은 뜻의 글자 두 개가 포개진 것이다. 그 점을 강조해서 보면 개벽은 '시작의 시작'이고 '개시(開始)의 개시'가 된다.

개벽은 '천지개벽(天地開闢)'의 줄임말로 하늘과 땅이 열리면서 사람이 사는 세상이 비로소 마련된 것을 의미한다. 영어에서 'the Creation'은 한국어로 '천지창조'라 번역하는데, 이는 신이 우주를 창조했다는 뜻을 나타낸다. 천지개벽과 같은 뜻이라고도 할 수 있다.

한국에는 장대하고 우람스러운 개벽신화가 전해진다. 이 이야기는 온 우주를 감싸고 있던 어둠에서부터 시작되어 비로소 빛이 트이는 것으로 내용이 전개된다. 이 장려한 이야기를 한국의 제주 신화는 간직하고 또 전해주고 있다. 이로 인해 제주는 개벽의 땅이 된다. 그것은 제주의 크나큰 자랑이다. 왕국의 시작에 관한 신화는 있어도, 우주며 지구의 개벽에 관한 신화는 갖고 있지 않은 본토로서는 제주가 부럽기 이를 데 없다. 본토의 신화에서는 『가락국기』에서 간신히 개벽의 흔적을 찾을 수 있을 뿐이다. 그것도 '개벽한 뒤로 이 땅에는 나라의 이름이 없고 왕과 신하의 칭호도 없었으니……'라는 언급이 고작이다.

하지만 제주 신화는 다르다. 몇 억 년 전인지 아니면 몇 백억 년 전인지, 그런 것은 수치로 따질 게 못 된다. 그저 아스라하고 까마득한, 멀고 먼 태초의 시간에 대해 제주 신화는 말문을 열고 있다. 그리고 그 어느 시간에 대해 '갑자년', '갑자월', '갑자일'이라고 표현하고 있다. 갑자(甲子)를 세 번에 걸쳐 쓴 것은 시작의 시작, 처음의 처음이란 것을 강조하기 위함이다. 영어로 치면 'Beginning of Beginning'이라고 할 수 있다.

그러한 태초의 시간에 하나였던 하늘과 땅 사이에 금이 가고 틈이 벌어졌다. 하늘은 높고도 푸르게 열리고, 대지는 광대하게 펼쳐지기 시작한 것이다. 천지가 문자 그대로 개벽한 것이다. 그러면서 하늘에서는 푸른 이슬이 내리고, 땅에서는 검은 이슬이 솟아오르면서 생기가 돋고 만물이 생겨났다. 바야흐로 지구는 생명체들이 목숨을 누리고 사는 터전이 된 것이다.

여기서 하늘과 땅이 갈라지면서 동시에 청과 흑, 이를테면 푸른빛과 검은빛의 이슬이 내리고 솟았다는 것에 유념해보자. 하늘에서 내리는 이슬의 푸름은 두말할 것 없이 생명의 빛을 뜻한다. 그렇다면 대지에서 솟은 이슬의 검은빛은 무엇을 상징하고 있을까? 검은빛은 신비의 빛이다. 흑진주(黑眞珠), 흑요석(黑曜石) 등의 보석이나 흑단(黑檀) 같은 검은 나무에서 흑색은 사뭇 신비로운 빛이다. 따라서 개벽하면서 대지에서 검은 이슬이 솟아올랐다는 것은 대지가 성스럽다는 것을 의미한다.

하늘에서 푸른 이슬이 내리고 대지에서 검은 이슬이 솟자, 이윽고 하늘에는 별들이 돋아나서 빛나기 시작했고 덩달아 찬란한 오색구름이 감돌았다. 동녘에는 푸른 구름, 서녘에는 흰 구름, 남녘에는 붉은 구름, 북쪽에는 검정 구름 그리고 중앙에는 노란 구름이 떠돌았다. 그리고 때맞춰 세 마리 수탉이 홰를 쳤다. 천황닭은 목을 틀면서, 지황닭은 날개를 퍼덕이면서, 인황닭은 꼬리를 치면서 홰를 쳤고, 이에 먼동이 트기 시작했다. 그것이 지구 최초의 여명, 곧 갓밝이었다.

천지의 개벽은 이렇듯 장엄하고 화려하게 이룩되었다. 한데 뜻밖의 일이 벌어졌다. 해와 달이 각각 두 개씩 나타난 것이다. 낮에는 휘황하게 두 해가 빛났고, 밤에는 은은하게 두 달이 빛났다. 온 세상이 밤낮으로 밝은 것은 좋았는데, 낮에는 해가 둘이라 뜨거웠고 밤에는 달이 둘이라 땅과 하늘이 차가웠다. 목숨을 누리고 있는 것들은 뜨거움에 시달리고 차가움을 견디느라 제대로 살 수가 없었다.

그런 탓일까? 세상은 어지러웠다. 사람만이 아니라 동물과 식물, 온갖 것이 다 말을 하고 사람과 귀신조차 말을 주고받았다. 세상은 시끄럽고 혼란스러웠다. 이것이 생명체가 갓 생겨난 지구의 첫 모습이었다. 천지개벽에 이은 지구의 몰골이었다. 이것은 사람 사는 세상이 '카오스', 곧 혼돈에서 비롯하였음을 뜻한다.

세상의 시작
: 해도 둘, 달도 둘

개벽 후, 하늘의 신인 천지왕은 고민에 빠졌다. 둘이나 되는 해와 달로 말미암아 생명체들이 시달리고 있는 게 민망했다. 별의별 것들이 다 말을 한다며 떠들어대는 게 마음에 걸렸다. 천지왕은 혼돈을 다스려야 한다고 생각했다. 그래서 지상 세계를 옳게 다스릴 왕자를 낳기로 결심했다. 천지왕은 지상으로 내려가 어질고 착한 총맹 부인에게 장가를 들었다. 총맹 부인이 아이를 갖자 그녀에게 박 씨를 주면서 아이가 태어나면 박의 넝쿨을 타고 하늘로 오게 하라 일렀다.

열 달이 차자 총맹 부인은 쌍둥이를 낳았다. 첫째는 대별왕, 둘째는 소별왕이라고 이름 지었다. 두 아이는 자라서 아버지가 남기고 간 박 씨를 심었다. 그리고 세차게 하늘로 내뻗은 넝쿨을 휘어잡고 하늘로 올라갔다.

천지왕은 쌍둥이 형제를 반기며 그들에게 소임을 맡겼다. 하늘 아래 세상을 다스려 새로운 질서가 잡히도록 하는 일이었다. 우주에 관한 일은 천지왕 자신이 해내고, 하늘 아래 세상은 자신과 지상의 여인 사이에서 태어난 두 아들에게 맡기기로 한 것이다. 이에 큰아들 대별왕은 이승 세계를, 작은아들 소별왕은 저승 세계를 다스리게 되었다.

한데 아우인 소별왕은 그게 못마땅했다. 그래서 수수께끼 겨루기를 해서 이기는 사람이 이승을, 진 사람이 저승을 맡자고 형을 다그쳤다. 그에 응한 형, 대별왕이 먼저 물음을 던졌다.

"어떤 나무는 사철 내내 그 잎이 지지 않는데, 어떤 나무는 가을에 잎이 진다. 그 곡절은?"

소별왕이 대뜸 답을 댔다.

"속이 찬 나무는 잎이 사철 내내 온전하고 속이 빈 나무는 그렇지 못하지."

그러자 대별왕이 응수했다.

"대나무는 속이 비어 있어도 사철 내내 잎이 푸르다네."

첫 겨루기에 진 소별왕에게 대별왕이 또 문제를 냈다.

"높은 곳의 풀은 잘 자라지 않고, 낮은 곳의 풀이 잘 자라는 까닭은?"
"그야 비에 쓸려서 흙이 아래로 내려가니까."

소별왕의 대답에 대별왕은 고개를 저었다.

"사람의 머리털은 길게 자라고 다리의 털은 짧은걸."

이로써 수수께끼 겨루기에서 연이어 진 소별왕은 다음과 같은 내기를 걸었다. 꽃을 더 빠르게, 예쁘게 기른 사람이 이승을 차지하자는 것이었다. 한데 형의 꽃이 더 잘 자라고 있는 것을 본 소별왕은 중간에 얕은꾀를 부려 형을 속이기로 했다.

"형, 우리 누가 더 깊게 잠을 자는지 겨루자. 그래서 잠든 사이에 꽃이 더 잘 자란 사람이 이승을 차지하는 것이야."

소별왕은 잠든 대별왕 몰래 슬쩍 일어나서 형의 꽃을 제 머리맡으로, 제 것은 형의 머리맡으로 옮겨놓았다. 그러고는 쿨쿨 자는 시늉을 했다. 형이 잠에서 깨는 기척을 듣고 소별왕은 그때서야 자신도 깨어난 것처럼 시치미를 뗐다.

"형 거봐. 내가 더 깊게 잠을 잤잖아. 꽃도 내 것이 더 잘 피었고."

대별왕은 동생이 속임수를 쓴 것을 알아차렸지만 증거를 댈 수가 없었다. 그래서 자신이 내기에 진 것을 시인하고 소별왕에게 말했다.

"그래, 이승은 네가 차지해. 그 대신 이승에는 죄가 득실대고 흉측한 일들이 들끓을 거야. 살인자, 강도, 도적, 사기꾼 그리고 역적도 생길 거야."

그 뒤부터 사람이 사는 이승은 무법천지가 되다시피 했다. 하지만 대별왕은 저승으로 가기 전에 동생의 청을 하나 들어주었다. 해와 달이 둘인 것을 처치해달라는 것이었다. 대별왕은 아침에 두 번째로 떠오르는 해를 활로 쏘아 바다 밑에 영영 가라앉게 했다. 저녁에 떠오르는 달도 그렇게 처치했다. 그래서 이승은 해와 달이 각각 하나인 세상이 되었지만, 죄와 악은 그치지 않고 계속되었다.

지금까지 제주의 '천지왕 본풀이'라는 개벽신화를 살펴보았다. 이 개벽신화는 몇 단계로 나누어 천지의 형성과 그 후 생겨난 지상 세계의 질서에 대해 말하고 있다. 첫째는 하나이던 하늘과 땅이 자연 그 자체의 섭리로 저절로 갈라져 형성된 것이다. 둘째는 천지왕이 낮과 밤을 가르고 해와 달을 창조한 것이다. 이때는 해와 달이 각각 둘씩 하늘에 떠 있었다. 셋째는 천지왕의 두 아들인 대별왕과 소별왕이 각기 저승 세계와 이승 세계를 주관하게 되고, 그와 함께 해와 달이 하나로 정리된 것이다. 이처럼 천지왕 본풀이는 천지개벽을 세 단계로 서술하고 있다.

이는 두 단계로도 풀이할 수도 있다. 둘째와 셋째는 신의 공력(工力)으로 이루지고 있는데 비해, 첫째는 자연의 섭리가 작용해서 이루어지고 있기 때문이다. 이러한 점으로 보면 천지왕 본풀이는 자연의 섭리와 신의 공력, 두 단계에 걸쳐서 천지창조를 말해주고 있는 셈이 되기도 한다.

이러한 개벽신화는 한국에만 있는 것이 아니다. 가까운 일본과 중국에도 개벽신화가 전해진다. 그들 역시 우주의 시작, 사람 사는 세계의 처음에 대해서 관심을 두지 않을 수 없었던 것이다.

먼저 일본 신화에서는 하늘의 신이 손수 일본 열도, 곧 일본의 섬들을 만들어내고 있다. 그 내용을 간략히 보면 다음과 같다.

이자나기(いざなぎ)와 이자나미(いざなみ)라는 두 남녀 신이 다카마가하라(高天原)'라는 천상세계에서 구름을 타고 떠돌던 중, 기다란 창으로 바다 밑을 헤집고 창을 들어올렸다. 그러자 그 창끝에 묻은 바다 밑의 진흙이

뚝뚝 떨어져 굳어진 것이 오늘날의 일본열도가 되었다.

일본의 개벽신화는 한국과 중국의 그것에 비해 다소 단순하다. 중국의 개벽신화는 상당히 장황하다.

까마득한 태초에 하늘과 땅이 한데 엉긴 거대한 계란 모양의 덩어리가 있었다. 그 속에 한 인물이 살고 있었는데, 그를 반고(盤古)라고 했다. 태아처럼 웅크리고 있던 반고가 어느 순간 몸을 뒤틀고는 움직이자, 계란 모양의 덩어리가 갈라지기 시작했다. 위아래로 갈라진 부분 가운데, 밝고 맑은 윗부분은 하늘이 되고 어둡고 탁한 아랫부분은 땅이 되었다. 그 후 반고의 키가 자라는 것만큼 하늘은 높아지고 땅은 두터워졌다. 반고의 키가 9만 리에 이르자 하늘 높이도 9만 리가 되었다. 구만장천(九萬長天)이란 말은 여기서 유래한 것이다. 또한 우주의 모든 것, 모든 현상도 반고에게서 비롯되었다. 그의 입김은 바람과 구름이 되었고, 목소리는 천둥, 오른쪽 눈은 달, 왼쪽 눈은 해, 머리카락은 별, 손발은 산이 되었다.

이처럼 중국의 개벽신화에는 우주나 지구의 생김새 대부분이 반고라는 신화적인 인물로부터 비롯하고 있다. 반고는 우주와 지구의 창조주고 조물주가 되는 셈이다. 하지만 한국의 개벽신화에서는 천지창조에 관한 모든 것이 특정한 신화적 인물로 귀결되지 않는다. 앞에서 말한 대로 천지의 형성이 자연의 섭리로 이룩된 다음 비로소 신이 지상 세계의 질서를 빚어낸 것으로 되어 있다. 이 점에서 한국의 개벽신화는 이웃 일본이나 중국의 개벽신화와 구별된다.

제 4 장

땅 밑, 저 깊은 타계로

아스라하게 먼, 까마득히 먼
저 너머에도 세상은 있다고 했으니.

지평선 넘고, 수평선 저 너머
한계 너머의 그 세상은
피안이라 하고,
타계라고도 했으니.

거기 다다르는 발길에 부치는 꿈,
신화는 그로 인해 엮이었으니.

타계 여행
: 인간의 한계 너머 세상으로

　신화 속 인물이나 신은 천상의 세계만을 왕래하는 것이 아니다. 하늘 너머로 날아가듯 바다 너머나 그 아래, 땅 너머와 그 아래로도 여행을 하고 있다. 여기서 바다 너머, 수평선 너머의 세계를 흔히 피안이라고 한다. 땅 너머, 지평선 너머 눈에 안 보이는 세계와 하늘 너머, 높고 높은 곳도 피안이다. 피안은 인간의 눈길이 닿지 못하고, 발길이 미치지 못하는 '저 너머의 세계'를 의미한다. 그를 줄여 타계(他界)라고 한다.

　옛날 사람들은 우리가 살고 있는 이곳 너머, 지평선 너머에 또 다른 피안의 세계, 곧 타계가 있다고 믿었다. 또한 보이지 않는 땅 밑, 깊고 깊은 곳에도 타계가 있다고 여겼다. 그러한 믿음을 방증하는 하고많은 신앙이 생겨났고, 그와 관련된 숱한 이야기가 전해졌다. 하늘을 나는 우주여행의 신화가 전해지듯 지평선 너머와 땅 밑 세계를 오가는 '타계 여행'의 신화도 있는 것이다. 그 예로 한국의 무속 신앙, 즉 무당이 주관하는 전통 신앙에서 '바리데기'는 타계 여행을 마음대로 할 수 있는 능력을 갖추고 있다고 한다. 그런가 하면 비록 신화는 아닐지라도 『심청전』에서 주인공 심청은 바다 밑의 용궁을 여행하고 있는데, 그것도 일종의 타계 여행이다.

신화 속 타계 여행은 다른 나라에서도 찾아볼 수 있다. 고대 그리스에는 머나먼 세계나 지하의 저승 세계를 여행하는 인물들의 이야기가 적지 않다. 또한 멀고 먼 피안의 세계에 다다라서 또는 지하 깊은 곳의 땅굴에 내려가서 괴물을 퇴치하고 돌아오는 인물 이야기도 전해진다. 이는 한 인물이 영웅이 되는 필수 조건 중 하나이기도 했다.

그 대표적인 예로 다음과 같은 오르페우스(Orpheus) 이야기를 생각해낼 수 있다.

오르페우스는 지극히 사랑하던 아내 에우리디케(Eurydice)가 죽자 크나큰 슬픔에 잠겼다. 비탄에 빠진 그를 가엽게 여긴 사랑의 신 에로스(Eros)는 그에게 저승에 가는 방도를 일러주었다. 그것은 아득히 멀고 험한 길이었다.

오르페우스는 우선 이승과 저승 사이를 가로지르며 흐르는 강을 건너가야 했다. 그러나 뱃사공 카론(Charon)은 그를 태워주려 하지 않았다. 오르페우스는 들고 있던 악기, 리라를 연주해 카론의 마음을 사서 겨우 강을 건널 수 있었다. 그러나 강을 건너자 또 다른 난관에 부딪혔다. 지옥문 앞을 문지기 케르베로스(Kerberos)가 무서운 얼굴로 지키고 있는 것이었다. 다행히 이번에도 리라가 오르페우스를 도왔다. 음악의 아름다움은 저승의 문지기도 감동시킨 것이다.

저승 안으로 간신히 들어간 오르페우스에게 지옥의 왕 하데스(Hades)는 생사의 갈림길은 넘을 수 있는 것이 아니라며 에우리디케를 만날 수 없다고 했다. 그러나 에우리디케를 향한 오르페우스의 그리움은 누구도 꺾을 수가 없었다. 이 가엾은 사내는 또다시 리라의 힘을 빌렸다. 은은하고도 서럽게 리라의 소리가 울리자, 무섭고 매몰찬 지옥의 왕도 마음이 동했다.

결국 오르페우스는 인간의 몸을 다시 얻은 에우리디케와 만났다. 두 사람은 생시와 마찬가지로 껴안고 기뻐했다. 하데스는 기뻐서 어쩔 줄 모르는 오르페우스에게 에우리디케를 이승으로 데리고 가도 좋다고 허락하면서 한 가지 조건을 내걸었다.

"당신이 앞서가고 아내가 뒤따라가야 하는데, 저승 세계의 어둠을 벗어나 지상의 빛을 대할 때까지 지켜야 할 게 있소. 아내를 절대로 돌아보지 마시오. 말도 걸면 안 될 것이오. 그리했다간 모처럼 만난 아내를 또다시 영영 놓치고 말 것이오."

그렇게 하데스는 오르페우스에게 단단히 으름장을 놓았다. 멀고 먼 길을 돌아가는 내내 오르페우스는 참아냈다. 얼마나 그리워했던 아내인가! 서로 껴안고 걸어도 시원찮을 판에, 바로 뒤에서 아내의 발자국 소리가 손에 잡힐 듯이 들리는데도 돌아보지 말아야 하다니? 그러나 오르페우스는 험하고 먼 길을 가는 내내 기를 쓰고 참았다. 드디어 이승 세계의 밝은 햇살이 저만치 보였다. 그 순간 오르페우스는 자기도 모르게 그만 뒤를 돌아보고 말았다. 그러자 그리운 아내의 모습은 어둠 속으로 사라져버렸다.

오르페우스 신화에는 이처럼 피안 세계가 등장한다. 그곳은 이 땅 너머 까마득히 먼 곳에 있는, 태양도 달도 없는 어둠의 세계다. 이 어둠의 피안 세계는 지옥의 왕 하데스가 다스리는 지하 세계다. 이러한 지하 세계로의 여행은 메소포타미아 신화에서도 발견할 수 있다.

천상과 지상을 다스리는 여왕인 아난나는 그녀의 동생 에레슈키갈

(Ereshkigal)을 만나기 위해 지하로 내려가기로 했다. 그러나 가는 길은 장벽과 난관이 겹겹으로 막혀 쉽지 않을 길일 게 뻔했다. 아난나는 고심 끝에 여왕답게 몇 겹으로 화려하게 옷치장을 하고 길을 나섰다.

멀고 먼 길을 거쳐 아난나는 겨우 지하 세계의 문 앞에 닿았는데 문지기가 가로막았다. 아난나는 머리에 쓰고 있던 왕관을 벗어 주고 문 안으로 들어섰다. 하지만 나머지 여섯 관문에서도 문지기들은 길을 막고 나섰다. 그들에게 차례대로 입고 있던 옷을 벗어 주며 겨우 통과하다 보니 그녀는 결국 알몸이 되고 말았다. 이러한 고생 끝에 천상과 지상, 두 곳을 다스리는 위대한 여왕 아난나는 지하 세계에 닿아 에레슈키갈을 만나게 되었다.

이처럼 지하 세계에 들어간다는 것은 여왕인 아난나로서도 힘겨운 일이었다. 여성으로서 남들 앞에서 옷을 벗는다는 것은 견디기 힘든 없는 일이다. 더구나 알몸이 될 때까지 옷을 벗어서 남을 준다는 것은 상상도 못할 일이다. 하물며 여왕이야 더 말해 무엇 하겠는가. 여왕의 권위가 완전히 훼손되는 일이다. 옷도 예사 옷이 아니었다. 여왕이 입는 값나가고 귀한 옷을 한 겹 한 겹 벗어 주며 자그마치 일곱 관문을 넘어섰던 것이다.

한데 이와 같이 세계인에게 잘 알려진 그리스 신화, 메소포타미아 신화 등, 서구의 신화에 견주어도 좋을 타계 여행의 이야기가 한국을 비롯한 동양에도 전해지고 있다. 특히 이웃 나라 일본에는 동북아시아의 다른 나라와는 비교도 안 될 만큼 신화가 풍부하게 전해지는데, 그런 만큼 지하 세계나 신들의 지하 세계 여행에 관한 이야기가 적지 않다. 그중 가장 대표적인 것은 이자나기라는 신의 이야기다.

일본 신화에도 세계는 삼계(三界), 곧 세 개의 세계로 나뉘어 있다. 하늘 위의 세계는 '다카마노하라', 지상의 세계는 '나카쓰쿠니(中國)', 지하의 세계는 '요미노쿠니(黃泉國)'라고 한다. 여기서 이자나기라는 최고의 신은 아내인 이자나미를 찾아 지하 세계를 여행하고 있다.

남편 이자나기와 함께 일본 열도를 낳은 여신 이자나미는 동시에 여러 아들을 낳았다. 그런데 그중 마지막으로 불의 신을 낳다가 그 불기운에 휘말려 목숨을 잃고 저승 세계로 가고 말았다. 이자나기는 사랑하는 아내를 찾아서 저승 세계로 떠났다. 그곳에서 아내를 만나 가까스로 이승으로 데리고 나오는데, 저승을 온전히 벗어날 때까지 뒤따라오는 아내를 보면 안 되었다. 하지만 참다못한 아자나기는 아내를 향해 뒤돌아보고 말았다. 한데 모처럼 만난 아내의 온몸은 구더기로 득실대고 있었다. 이자나기는 기겁을 하고 이승으로 도망쳐 오고 말았다.

이 일본 신화는 죽음의 의미를 새삼 되살피게 한다. 일본 열도를 낳은 창조주 신들조차도 죽음만은 피할 수가 없었던 것이다. 삶과 죽음의 절대적인 단절에 대해 일러주고 있다는 점에서 오르페우스 신화와 이자나기 이야기는 하등의 다를 바가 없다.

그렇다면 이러한 저승 세계 이야기로 한국 신화에는 무엇이 있을까? 한국 신화의 타계 여행 주인공으로는 바리데기 신화의 '바리공주'가 가장 대표적이다. 또한 '지하(地下) 대적(大賊)' 이야기는 대표적인 지중 모험담이다.

아주 먼 옛날에 이씨주상금마마라는 대왕이 왕비를 맞아들인 후 계속해서 여섯 공주를 낳았다. 이에 실망한 왕과 왕비는 왕자를 보기 위하여 온갖 치성을 다 드리지만 일곱째 아이 역시 공주였다. 이에 노한 대왕은 일곱 번째 공주를 옥함에 담아 강물에 띄워버렸다. 아기는 석가세존의 지시로 바리공덕 할아비와 할미가 거둬 키우게 되었다.

시간이 흘러 바리공주가 15세가 되던 해, 대왕이 병이 들었다. 청의동자가 대왕의 꿈속에 나타나 말하길, 하늘이 정해서 낳게 해준 아기를 버린 죄로 죽게 되었으니 살기 위해서는 버린 아기가 구해다 준 무장신선의 약수를 먹어야 한다고 했다. 이에 대왕은 명을 내려 바리공주를 찾게 되었다.

바리공주는 모든 신하들과 언니들이 가지 못한다고 거절한 길을 남장을 하고 홀로 떠났다. 공주는 이승 세계에서 3천 리를 걸어간 후, 이승과 저승을 가르는 큰 강을 건넜다. 그런 다음 저승 세계에서 두 번의 고비를 만나 그때마다 3천 리를 간 끝에, 또다시 3천 리를 지나 겨우 신선 세계에 다다랐다. 이승 세계에서 3천 리, 저승 세계에서 9천 리, 합해서 자그마치 1만 2천 리를 가서야 피안의 땅에 도착한 것이다.

바리공주는 무장신선을 만나 약수를 얻기 위해 나무하기 3년, 물 긷기 3년, 불 때기 3년, 총 9년 동안 일을 해주었다. 그러고도 무장신선과 혼인해 아들 일곱을 낳은 뒤에야 약수를 얻을 수 있었다. 그러나 돌아와 보니 대왕은 이미 죽어 장사를 지내는 중이었다. 이에 바리공주가 상여를 멈추게 하고 약수와 꽃으로 대왕을 살렸다. 다시 살아난 대왕은 바리공주의 소원을 들어 그녀를 만신(萬神)의 왕이 되게 하고, 무장신선은 죽은 사람이 가는 길에서 노제(저승길 떠나는 죽은 이의 넋에 바치는 제사)를 받아먹게 하고, 일곱 아들은 저승의 대왕이 되게 했다.

이것이 바리데기 신화의 대강의 줄거리다. 무당들은 오구굿(죽은 이의 넋을 무사히 저승 세계까지 가게 하는 굿)을 치를 때 이 이야기를 노래로 읊었다. 바리공주가 저승을 다녀온 경험을 살려 죽은 이의 넋을 인도하는 안내자 구실을 한다고 믿었기 때문이다.

한데 바리데기 신화에서 신선 세계는 이승 길 3천 리에 저승 길 9천 리를 가야 닿을 수 있는 바깥에 있다고 묘사되어 있다. 그것은 타계가 무한대의 저 너머에 있음을 의미한다. 3천 리를 한 단위로 해서 그때마다 바리공주는 엄청난 고난과 무서운 시련을 겪었고, 그를 이기고 넘어서야 앞으로 나아갈 수 있었다. 타계는 길짐승은 말할 것도 없고 날짐승도 들어가지 못하는 곳이라 하고 있다. 이처럼 피안은 바리공주라는 신격화된 인물 말고는 절대로 넘지 못할 경계 저 바깥이다.

과거의 인간들은 산목숨들이 사는 이승과 죽은 자들이 사는 저승 사이에 다리를 놓고자 소원했다. 그래서 삶과 죽음 사이의 엄청난 장벽을 넘고자 했다. 생사 간의 초월을 꿈꾸었다. 그 꿈이 오르페우스를 낳고, 이자나기를 낳고, 그리고 바리데기를 낳았다.

2

오 험

: 어 머 니 태 에 서 나 오 듯

　지하 세계를 내왕하는 타계 여행의 신화는 오르페우스나 아난
나 또는 바리데기에 머물지 않는다. 이 묵은 신화들은 그 후계자
를 오늘날의 대중매체에 탄생시키고 있으며, 영화 속에서도 활개
를 치고 있다. 그 자취를 캐보는 일은 묵은 신화를 새롭게 되살피
는 계기가 될 것이다.

　가장 먼저 스티븐 스필버그의 작품에서 타계 여행의 신화를 확
인할 수 있다. 그의 영화는 현대판 신화라고 볼 수 있다. 특히 그의
영화 〈인디아나 존스(Indiana Jones)〉 시리즈 중 〈레이더스(Raiders
of the Lost Ark)〉에서 그런 면을 찾을 수 있다.

존스와 젊은 여인 그리고 소년, 이 주인공 일행은 비행기가 어느 산속에 떨어지는 바람에 우연찮게 굴속으로 들어가게 된다. 그리고 이내 땅밑의 꾸불대는 기나긴 굴길에서 무시무시한 괴물들과 맞닥뜨린다. 괴물을 피해 한참을 간 끝에 존스 일행은 널따란 공터에 다다른다. 그리고 그곳에 우글대고 있던 괴상한 무리들과 싸워 그들이 신주로 모시고 있던 신비의 돌을 얻어낸다. 존스 일행은 땅 밑 세계 무리들의 추적을 피해 굽이치는 좁은 굴길에서 필사적으로 도망친다. 그러다 굴 안에서 홍수처럼 밀려드는 물줄기에 드세게 휘말려 바깥으로 내던져지듯이 나가게 된다. 그 일로 일행은 무사히 탈출에 성공한다.

지하 광장에서 좁디좁은 굴길을 통과해 지상으로 나오는 존스 일행의 탈출 과정은 태아의 출생을 연상시킨다. 즉, 존스 일행은 태아가 모태를 지나 태어나듯이 세상 바깥으로 나온 것이다. 지하의 널따란 광장은 모태에 비유할 수 있고, 존스 일행이 통과하는 좁다란 굴길은 여성의 질에 비유할 수 있다.

태아의 탄생은 반겨 마땅한 일이다. 하지만 태아 자신으로서는 고통스러운 일이다. 탄생 직전 태아는 태 속에 웅크린 채로 한 바퀴를 돈다. 그리고 머리부터 태를 빠져나온다. 산모는 산모대로 굉장한 아픔을 겪는다. 산모의 진통도 대단하지만 질을 빠져나오는 태아가 당하는 고통도 엄청난 것이다. 어미와 아기가 함께 고통을 넘어서야 한다. 출산은 고통이다. 미처 굳지 못한 태아의 머리는 산모의 좁은 질에 억눌린다. 태아는 옥죄고 드는 질을 온 힘을 다해서 빠져나와야 한다. 그것은 모험의 과정이라고 해도 과장이 아니다. 그것이 바로 탄생의 과정이다. 시련과 고통의 굴을 빠져나와야 한다. 마침내 양수가 터진다. 그 물살에 밀리듯이 태아는 세상 바깥으로 나오게 된다. 태어나는 순간 태아가 울음을 터뜨리는 것은 아픔의 절규다.

이와 같은 태아의 탄생 과정을 에누리 없이 그대로 재생하듯이, 존스 일행은 좁은 굴길을 벗어나오고 있다. 굴길의 끝에서 큰 물살이 그들을 밀어내는 것은, 산모의 질 속에서 양수가 터지면서 태아가 태어나는 것과 너무나 흡사하다. 인간은 누구나 존스 일행처럼 좁은 굴길을 빠져나와 세상에 태어난다. 그 순간 태아는 존스 일행과 다를 바 없다. 그러면서 오르페우스와 아난나 그리고 바리데기 신화를 온몸으로 실연하게 된다. 태아의 탄생은 그 자체가 신화의 줄거리를 빼닮았다.

3

땅 밑 세계의 괴물에게 잡혀간 부잣집 따님

신화와 전설은 이 땅 너머 보이지 않는 그곳에 또 다른 세상이 있듯이, 땅 밑 깊고 깊은 곳, 바다 밑 까마득히 깊은 곳에도 또 다른 세상이 있다고 일러주고 있다. 그래서 예부터 하늘과 땅, 지하 (또는 바다 밑 해저) 삼계를 이야기해왔다.

한국인들은 천계란 으레 신과 선녀의 세상이라고 여겼다. 이와 반대로 땅 너머의 세계, 또는 땅 밑의 깊은 세계에는 귀신이나 괴물이 살고 있다고 믿었다. 그리고 그곳에 죽은 사람들을 위한 세계, 곧 저승이 있다고 생각했다. 이승, 곧 이 세상에만 사람이 산다고 생각하지 않았다. 이승에서의 목숨이 다하고 나면 저승에서 또 다른 목숨을 누리고 산다고 믿었다.

무당들이 죽은 이의 영혼을 저승으로 인도하는 오구굿에서 읊어대는 바리데기 신화를 보면 저승도 단순치 않다. 죽은 이의 넋이 저승까지 가는 길은 까마득히 멀고 먼 길이다. 그 길에서 죽은 이의 넋은 몇 고비를 넘겨야 한다. 멀고 먼 나그넷길, 혼자만의 외로운 나그넷길이다. 바리데기 신화에 따르면 죽은 이의 넋은 마귀가 득실대는 고비들을 넘겨야 한다. 그러다 마침내 길짐승, 날짐승도 얼씬거리지 않는 관문을 지나 저승에 들어선다. 죽은 이의 넋은 누구나 나그네다.

그런데 신화 속 저승의 지도는 이 땅 너머 저 머나먼 바깥 세계에 있는 것으로만 그려지지 않는다. 저승 세계는 지하를 겸하기도 한다. 즉, 9천 리 떨어진 깊고 깊은 곳의 지하에 있는 셈이기도 하다. 이 지하의 세계는 지옥이나 명부(冥府)로도 일컬어져 왔는데, 그곳에서는 사람이 아닌 존재도 목숨을 누리며 살고 있다고 생각되었다.

한데 땅 밑 세계가 저승에만 있는 것은 아니었다. 옛 전설과 신화는 산목숨들이 살고 있는 바로 이 땅 어딘가의 지하에도 그러한 세계가 존재한다고 일러주고 있다. 누군가가 한참을 땅을 파고 들어갔더니 그 아래 보이지 않는 곳에서 솥뚜껑 여는 소리가 나고 사람 사는 기척이 들리더라는 오래된 이야기가 전해지는 것은 그 때문이다.

그래서 생겨난 전설 —그것도 신화에 버금할 — 이 있는데, 그 제
목이 '땅 밑 황금돼지'다. (이것은 경상도에서 전해지는 전설을 민속학
자인 손진태 교수가 채록(採錄)한 것이다.)

옛날 옛날의 그 옛날, 어느 선비가 과거를 보려고 서울로 가고 있었다.
가는 중도에 어느 고을에 방이 나붙어 있었다. '어느 부잣집 따님이 도적
에게 잡혀갔는데, 구해주는 사람에게 재산의 절반을 상으로 줄 것이고 그
가 총각이라면 사위로 삼을 것이다'라는 내용이었다.

부잣집 딸을 구하기로 마음먹은 선비는 길을 재촉했다. 하지만 도적이
누군지, 어디에 있는지 알 길이 없어 헤매고 있었다. 그러던 중 길에서 우
연히 세 사람의 젊은 사내들을 만났다. 선비는 그들과 의형제를 맺었다.

선비와 세 사내가 어느 산길에 들어섰을 때였다. 구렁이가 까치를 삼키
려고 입에 물고 있는 것을 발견했다. 그들은 지팡이로 겁을 주어 구렁이
로부터 까치를 살려내 부러진 다리를 고쳐주었다. 까치는 은혜를 갚고 싶
다고 했다. 선비가 누군가에게 잡혀간 채 소식을 모르는 부잣집 따님을
찾는 중이라 하자 까치가 말했다.

"저쪽에 보이는 산을 넘어가시면 거기에 큰 바위가 있습니다. 그 바위
밑에 흰 조개껍질이 깔려 있을 것입니다. 그것들을 헤집고 보면 바늘귀만
한 구멍이 있을 것입니다. 그 구멍을 파헤치면 땅 밑으로 굴길이 뚫려 있

는데, 그 밑에 살고 있는 황금돼지에게 그 처녀가 잡혀 있을 겁니다."

선비 일행은 까치가 일러준 산을 넘어갔다. 그리고 바위 아래 조개껍질을 들어내자, 과연 그 아래로 좁다란 구멍이 뚫려 있었다. 그 구멍을 파자 사람 하나가 겨우 비집고 들어갈 만한 굴길이 나타났다. 구멍은 깊고 가팔라 그냥은 내려갈 수가 없었다. 그들은 풀과 칡넝쿨을 엮어 밧줄을 만들어 굴길 아래로 내려가기로 했다. 그런데 사내들은 겁을 내며 쩔쩔맸다. 첫째 사내는 세 발자국도 못 가서 포기했고, 둘째는 반도 못 되게 내려가다 겁을 먹고는 도로 올라왔다. 셋째는 그나마 반은 좀 넘게 내려갔지만 역시 질겁하고 땅 위로 올라오고 말았다. 결국 선비는 자기 혼자 내려갈 테니 세 사내에게 땅 위에서 기다리라고 했다. 그리고 처녀를 구하게 되면 아래서 밧줄을 흔들 것이니 끌어올리라고 했다.

선비는 밧줄을 타고 조심조심 땅 밑으로 내려갔다. 굴길은 이내 넓어졌다. 한참을 가니 제법 큰 마을이 나타났다. 그중에 대궐 같은 큰 집이 보였다.

"저 집이다!"

선비가 큰 집으로 가까이 가자 문 안에서 인기척이 났다. 선비는 얼른 우물가의 나무 위로 올라 몸을 숨겼다. 물동이를 인 처녀 하나가 대문을 열고 나와 물을 긷기 시작했다. 선비는 나뭇잎을 동이에 떨어뜨렸다.

"바람이 부나 봐!"

처녀는 잎을 건져내고 계속 물을 길었다. 나그네는 잎을 두 개 따서 또다시 물동이에 떨어뜨렸다.

"바람이 더 세지나 봐!"

처녀는 다시 나뭇잎을 건져내고 물을 길었다. 그러자 나그네는 다시 이파리 세 개를 물동이에 떨어뜨렸다.

"이상하네."

그제야 처녀는 나무 위를 쳐다보았다. 선비를 본 처녀는 깜짝 놀랐다. 선비가 사정을 이야기하자 처녀는 자신이 바로 그 부잣집 딸이라고 말했다. 또한 잡혀 온 처녀는 자신만이 아니라고 했다. 여자들을 잡아 온 괴물은 커다랗고 무서운 황금돼지라고 했다. 웬만해서는 이기기 어려울 것이라고 몸서리를 쳤다. 자기를 구해내기는 어려울 것이라고 했다.

그러면서 선비에게 옆에 있는 큰 바위를 들어 올려보라고 했다. 낑낑대는 선비를 보고 처녀는 힘을 더 키워야 한다며, 황금돼지가 돌아오면 자신이 방책을 쓸 테니 집 안에 숨어 있으라 했다. 그리고 동자삼 다린 약물을 매일 마시게 했다.

며칠 후 황금돼지가 돌아오자 처녀는 큰 칼을 가지고 와서 선비에게 말했다.

"황금돼지가 돌아왔습니다. 지금 잠이 들었습니다. 그놈은 한번 잠을 자면 석 달 열흘 동안 깨지 않습니다. 이 칼로 그놈 목을 치십시오."

선비는 칼을 들고 황금돼지의 방에 들어갔다. 황금돼지는 큰 눈을 뜬 채로 코를 골고 있었다. 선비는 처녀가 건네준 칼로 황금돼지의 목을 내리쳤다. 그런데 그 머리가 허공을 날더니 이내 목에 와서 원래대로 달라붙었다. 선비가 다시 칼을 황금돼지 목에 내리꽂았다. 이번에도 머리는 다시 목에 달라붙었다. 선비는 더한층 힘차게 칼을 휘둘렀다. 머리가 또 공중으로 치솟았다. 그 순간 처녀는 미리 준비한 재를 황금돼지 목에 뿌렸다. 그때서야 황금돼지의 머리가 방바닥에 나뒹굴었다.

선비는 집 안을 샅샅이 뒤져보았다. 창고가 셋이나 있었다. 첫째 창고에는 금은보화가 가득 차 있었다. 둘째에는 곡식이 가득했다. 셋째에는 죽은 사람들의 해골이 쌓여 있었다. 모두 황금돼지가 잡아다 죽인 것이었다. 셋째에는 최근에 잡혀 온 사람들이 갇혀 있기도 했다.

선비는 그들을 모두 구하고 금은보화와 곡식을 나눠 주었다. 그리고 그들을 먼저 땅 위로 올려 보냈다. 그다음에 선비는 함께 황금돼지를 처치한 처녀와 잡혀 와 있던 다른 두 아름다운 처녀들을 데리고 그곳을 빠져나가기로 했다. 꼬불꼬불한 땅 밑의 굴길을 한참 가서 땅 위로 오르는 길목에 다다랐다. 위로 뻗은 길은 매우 높았다. 얽히고설켜 아래로 내리뻗은 나무뿌리가 올려다보였다. 햇살도 보였다.

선비 일행은 가지고 온 줄을 나무뿌리에 던져서 휘감았다. 한 사람씩 그 줄을 타고 땅 위로 나갈 수 있었다. 세 처녀가 먼저 올라갔다. 선비는 마지막 차례였다. 그런데 부잣집 처녀가 올라간 다음 선비가 줄을 잡고 오르려 하자 땅 위에서 기다리고 있던 세 사내가 줄을 놓아버렸다. 그들이 처녀 셋을 한 사람씩 차지하려 한 것이었다. 그렇게 다들 가버리고 선비는 굴 밑 땅 속에 홀로 남겨졌다. 한데 바로 그때 선비가 구한 까치가 실한 칡넝쿨을 땅 속으로 내려주는 게 아닌가! 무사히 땅 위로 올라온 선비는 부잣집 처녀를 다시 만나 장가들어 행복하게 살았다.

이상이 땅 밑 황금돼지 이야기의 줄거리다. 이 재미나고도 무시무시한 전설에는 땅 밑 깊은 곳에 괴물과 사람이 사는 공간이 등장한다. 하지만 그곳은 사람들을 괴롭히는 괴물이 판을 치고 있는 악의 세계이고 어둠의 세계다.

신라의 고고한 선비로 뒷날 신선이 되었다고 하는 최치원(崔致

遠)의 탄생 설화에도 땅 밑 황금돼지와 비슷한 내용이 전해진다. 인간의 생명이 잉태된 터전으로서 땅 밑 세계가 등장하는 것은 그 의미가 예사롭지 않다. 인간 생명의 또 다른 태(胎)로 거대한 지하 세계를 생각했기 때문이다.

이처럼 하늘뿐 아니라 지하 세계와 땅 밑 세계 또한 신화의 무대이다. 서구의 오르페우스, 아난나 그리고 한국의 바리데기는 지하 세계를 오가는 대표적인 신화의 주인공으로 그 자취는 역사 시대의 전설과 오늘날의 영화 속에 남아 있다. 신화는 그렇게 오래 오래 이어진다. 신화는 불멸이다

제 5 장
왕이 되기 위해

왕은 어렵사리 권좌에 앉는다.
하물며 왕조의 첫 왕들이야.

그의 권위는 하늘이 내리는 것,
바다 너머 피안에서 주어지는 것.

그런데도 시련 겪고
난관 넘어서서
비로소 왕관을 머리에 쓴다.

1
바다를 혼자 항해한 젖먹이

'세상에 공짜는 없다'고 했다. 흔해빠진 말이기는 해도 엄연한 진리다. 무 한 뿌리, 배추 한 포기 거두기 위해 밭을 갈고, 씨를 뿌리고, 풀을 메야 한다. 시험에서 점수를 따기 위해 밤을 새울 수도 있고, 누군가에게 사랑 받기 위해 몇 달 몇 해를 조바심치기도 한다. 무엇이든 하나를 얻거나 이루려 하다 보면 세상에 공짜라곤 단 하나도 없음을 알게 된다. 하물며 상고 시대에 왕이 되는 일은 더 말할 게 못 된다. 죽자 사자 애쓰고 재주도 부려야 했다.

이에 관해 신라의 탈해왕(脫解王)에게서 가르침을 받을 수 있다. 탈해는 역사 시대의 인물이지만 그의 일생에 걸쳐 전해지는 여러 가지 이야기는 신화의 자취를 강하게 지닌다. 탈해는 신라의 제4

대 왕이자 석(昔)씨 성을 가진 왕들의 시조다. 그의 탄생과 바다 항해, 그리고 신라 아진포(阿珍浦)에 도착한 뒤의 행적은 그를 능히 신화적인 인물로 만들고 있다.

탈해는 바다 멀리 용성국(龍城國)의 왕비 몸에서 커다란 알로 태어났다. 사람들은 사람이 알을 낳았다는 것을 괴이쩍게 여겨 바다에 알을 띄웠다. 알은 작은 상자에 비단, 보석 등과 함께 담겨져 바다를 표류했다. 그러다가 가락을 거쳐 신라의 아진포에 닿게 되는데, 마침 뱃사공의 어머니인 노파가 이를 보고 상자를 거두었다. 노파가 상자 뚜껑을 열었더니 문득 까치가 날아와 알을 쪼아 그 속에서 사내아이가 나타났다. 아이는 스스로 탈해라고 했다. 노파가 그 아이를 거두어 키웠는데, 학문이 출중하며 지리에 통달했고 그 몸매가 여간 빼어난 게 아니었다. 탈해는 어느 정도 자란 후 토함산에 올라가 돌무덤을 쌓고 그곳에서 이레 동안 머물다 나왔다.

이렇듯 탈해는 알로 태어났다. 그 점에서는 신라의 혁거세나 김 알지 그리고 가락의 수로왕, 고구려의 동명왕 등 신화적인 인물들과 다를 바가 없다. 그뿐만 아니다. 그는 또 다른 차원에서도 신화적인 인물이다. 바다 너머 까마득히 먼 나라, '용성국'이라는 피안에서 이 세상의 신라로 찾아왔다. 사람 사는 이 땅 너머, 까마득히 먼 땅 밑 세계는 신화에서 죽음의 땅이다. 하지만 바다 너머 피안

의 세계는 물론이고 그 물 밑 세계는 또 다른 생명의 땅이 되기도
한다. 용성국은 그러한 세계의 하나다.

혁거세, 수로왕, 김알지 등 신화의 주인공이 하늘나라라는 수직의
피안에서 온 것이라면, 탈해는 바다 건너 수평선 너머, 즉 수평의 피
안에서 신라로 찾아들었다. 신라인은 수직과 수평의 두 가지 피안을
생각하고 있었던 것이다. 특히 바다 건너 수평의 피안을 꿈꾸었다.
신라의 문무왕(文武王)이 경주의 토함산 앞 동해 바다 속의 대왕암에
잠들고자 한 것은 바다의 신이 되어 신라를 지키겠다는 뜻이 있었기
때문이지만, 그의 마음속에는 피안과 맺어진 바다의 영원한 생명력
에 부치는 꿈 또한 영글어 있었을 것이다. 신라인들이 토함산 정상
의 석굴암에 부처를 모시면서 부처가 아침마다 동해의 해돋이를 마
주 볼 수 있게 한 데에는, 부처의 위대한 자비심이 바다 너머 피안에
닿을 만큼 광대하기를 바란 불심이 어려 있었을 것이다.

바다를 향한 신라인들의 믿음으로 인해 바다를 건너 온 탈해는
신화적 인물이 된다. 그뿐만 아니라 탈해가 신화적 인물이 된 데
에는 한 가지 배경이 더 있다. 그는 상자 속에 든 알로 바다에 띄
워진 뒤에 신라의 뭍에 도착했다. 그것은 혁거세가 상자 속에 든
알로 천마를 타고 지상에 내려온 것이나, 김알지가 상자 속에 든
알로 자줏빛 구름을 타고 지상에 내려온 것에 비견할 만하다. 이
처럼 탈해는 상자 속에 담긴 알로서 피안으로부터 이 세상에 왔다

는 점을 통해 신화적 인물임을 입증해 보이고 있다.

　그렇다면 그가 토함산에 올라가서 돌무덤을 쌓고 그 속에서 이레 동안 머물다 나왔다는 것은 무엇을 뜻하는 것인가? 이 이야기는 이중적인 의미를 갖고 있다. 바다 너머 피안의 사람이 육지의 사람으로 거듭났다는 것과 그러한 육지의 사람 중에서도 신라인으로 재생했다는 것이다. 이레, 즉 7일이라는 날짜는 각별한 뜻을 지닌다. 7일의 7은 1, 3, 5 등과 함께 홀수로서 성수(聖數), 즉 신성시되는 숫자다. 또한 갓 태어난 아기들이 치르는 통과의례는 이레로 나뉜다. 민속에서 전해오는 '삼칠일(세이레: 아이가 태어난 지 스무하루가 되는 날. 대개 이날 금줄을 거둠)'이 그것인데, 그 첫 단계를 '첫이레'라고 한다.

　바다 너머 피안에서 온 탈해는 돌무덤에서 첫이레를 치르고 비로소 신라인이 된다. 왕위에 오를 기틀을 마련한 것이다. 이것은 그가 실제로 이방인이라는 것을 의미하는 것은 아니다. 혁거세나 김알지가 하늘 저 높은 곳, 피안에서 왔다고 믿어진 것처럼 탈해 또한 바다 건너 피안에서 왔다고 믿어진 것뿐이다. 수직과 수평의 피안에서 온 이들로 인해 신라의 왕조는 온 우주의 지배자가 된 것이다.

　탈해는 머나먼 바다를 건너왔다. 그는 육지에 가까스로 닿자마자 알에서 부화해 세상에 나왔다. 갓 태어난 아기가 작은 상자에 담겨 거친 바다를 항해하다니, 왕이 된다는 것은 이토록 험난했던 것이다.

2

남의 집을 가로챈 괴보 탈해
: 트릭스터 이야기

부여, 고구려, 신라 등 상고 시대 여러 왕국을 통틀어 가장 말썽 사나운 신화적 인물은 단연 탈해다. 그에 관한 신비하고도 재미난 이야기들이 기록으로 남아 있다.

그 가운데 그가 당돌한 꾀돌이였다는 것을 말해주는 이야기가 하나 있다. 탈해가 토함산에 가서 살 만한 곳을 물색하고 있는데 호공(瓠公)이란 사람의 집이 눈에 들었다. 그곳은 집주인인 호공이 바다에 뜬 호(瓠), 곧 박을 타고 바다를 건너온 뒤부터 살고 있는 집이었다. 바다를 건너온 사람인 것으로는 호공도 탈해와 다를 바가 없었다. 그런 이유에서인지 탈해는 어떻게든 그 집에서 살고 싶었다. 하지만 팔려고 내놓은 집은 아니었던 모양이다. 설혹 내놓은 집이었다고 해도 바닷가 노파가 거두어 키운 고아 처지로는 사들일 만한 돈이 있었을 리가 없었다. 그런데도 탈해는 무슨 수를 써서든 그 집을 제 것으로 만들고 싶었다.

그리하여 꾀를 부렸다. 몰래 그 집 뜰 한쪽에 숫돌과 쇠붙이를 묻고 시치미를 떼고 관가에 고소장을 냈다. 호공이 부당하게 차지하고 있는 집을 원래 주인인 탈해 자신에게 넘겨야 한다는 것이었다. 탈해는 자신의 집안이 대대로 그 집에 살았으며 자기 대에 이르러 잠시 집을 비운 틈을 타 호공이란 자가 부당하게 그 집을 점거했다고 주장했다. 관가에서 그 근거를 대라고 하자 탈해는 자신의 집안은 대를 물려 대장장이를 했으니 뜰을 파보면 증거가 나올 것이라 했다. 그러고는 미리 묻어둔 숫돌과 쇠붙이를 파 보이고 소송에서 이겼다.

이렇듯 탈해는 꾀를 부렸다. 하지만 그게 편취(騙取)란 것, 즉 남을 속여 부당하게 재물을 자기 것으로 만들었다는 것은 어김없는 사실이다. 객관적으로 보면 탈해는 남의 집을 약취(掠取)한 영락없는 사기꾼이다. 한 나라의 왕이 될 사람이 사기를 쳐서 남의 집을 빼앗다니! 이건 여간 말썽거리가 아니다. 오늘의 우리들이 풀기어려운 수수께끼가 아닐 수 없다. 한데 『삼국유사』의 문면을 보면남해왕은 탈해의 사기를 문제 삼고 있지 않다. 오히려 영특한 것으로 받아들이고 있다. 그래서 그를 부마(駙馬), 곧 왕의 사위로 삼기까지 한다.

탈해는 묘한 술수를 통해 지략(智略)과 지능이 뛰어난 걸출한 인물로 대접을 받고 있다. 거듭 말하지만 이것은 여간 풀기 어려운 문제가 아니다. 아마도 신라에서는 소년들의 입사식, 이를테면 꼬맹이들이 성년이 되는 데 필요한 식을 치르는 과정의 하나로 '지능 시험' 같은 것이 있었을 것이다. 그런 테스트의 과정이 극적으로 과장되게 부풀려져, 결과적으로 사기를 친 것처럼 표현된 것이라고 생각할 수 있다. 성공적으로 꼼수를 부려 그 결과를 합법적인 것이 되게 하는 지능 시험이 신라 시대 소년들의 입사식에 있었다고 봐도 무리는 아닐 것 같다.

여기서 우리는 인류학에서 쓰이는 '트릭스터(trickster)'란 재미난 말을 떠올려볼 수 있다. 트릭스터란 트릭(trick: 속임수)을 부리는 자라는 뜻이니, 문자 그대로 번역하면 '사기꾼'이라 해도 좋을 것 같지만 이 말뜻은 그리 간단하지 않다. 과거 청소년들의 입사식, 곧 어른이 되기 위한 과정은 여간 요란한 게 아니었다. 이는 신라의 화랑도(花郞徒)나 고구려의 경당(扃堂)을 보아도 알 수 있다. 한데 그와 같은 입사식에는 성년 후보자들이 '꾀돌이' 또는 '꾀보'가 되는 절차가 끼어 있었는데, 이 과정에서 속임수도 곧잘 부릴 수 있어야 했을 것이다. 따라서 탈해가 그럴싸한 꾀를 부려 호공의 집을 빼앗는 대목에서 그를 트릭스터라고 볼 수도 있다.

성년식의 필수 절차 중 하나인 지적 단련 또는 시험에는 수수께 끼가 포함되어 있기도 했다. 머리싸움으로는 꾀 겨루기나 수수께 끼 풀이나 다를 게 없다. 이는 앞서 살펴본 제주 신화에서 대별왕, 소별왕 형제가 이승과 저승의 지배자 자리를 두고 수수께끼를 겨 룬 것을 통해서도 알 수 있다.

탈해의 이 이야기에는 꾀부리기를 그럴싸해 보이게 만드는 대 목이 있다. 그것은 탈해 스스로 야장(冶匠), 곧 대장장이임을 내세 우고 있는 것과 관련이 있다. 대장장이는 중세나 근세에서는 일 종의 천직, 즉 멸시받는 직업이었다. 당시에는 마을 안에 대장간 을 차릴 수 없었다. 말하자면 소외된 직종이었던 셈이다. 하지만 고대의 철기 문화 시대에는 그렇지 않았다. 오히려 정반대였다. 인류학에서는 '스미스 샤먼(smith-shaman)'이란 말이 쓰이는데, 이 는 과거 대장장이가 무당 곧 샤먼을 겸하고 있었음을 뜻한다. 여 기서 우리는 샤먼이 고대 사회에서 공동체의 종교적 지도자이기 도 했다는 점(가령 신라에서는 왕의 대우를 받았다)에 유념해야 한다. 샤먼이 대장장이를 겸하고 있을 때 그를 스미스 샤먼이라 부른 것이다.

철기문화 시대에 대장장이의 신분은 사회의 최상층에 자리 잡 고 있었다. '샤먼 킹', 곧 무당이자 왕인 무왕이 신라에 실존한 것 을 염두에 둔다면, 탈해를 '스미스 킹', 이를테면 '대장장이 왕'이라고 할 수 있다. 신라는 무당이나 대장장이가 왕의 권좌에 오를 수 있는 특수한 사회였던 셈이다. 석기 시대에서 철기 시대로 이행되면서 쇠붙이를 다루는 대장장이는 사회적 권위를 누렸다. 또한 쇠붙이를 다루는 특별난 기술의 주인공답게 그 신분과 재능, 지능이 뛰어나야 했다. 즉, 우수한 인물이라야 했다. 탈해왕의 설화는 그러한 사실을 오늘날의 우리들에게 신비롭고 재미나게 일러주고 있다. 그는 엄연한 역사 시대에도 신화적인 인물로서, 신격화된 인물로서 그의 자서전을 펼쳐 보인 것이다.

3

둔갑으로 왕이 되고, 귀한 집의 사위가 되고

별 희한한 일도 다 있다. 여우도 아닌데 둔갑을 하는 사람들이 있다. 여우도 보통 여우가 아니라 요상한 백여우라야 이 모양 저 모습으로 번갈아 바꾸며 둔갑을 할 수 있다고 먼 옛날이야기는 전하고 있다. 그런데 멀쩡한 사람이 그리하다니 아무리 신화라도 너무했다.

둔갑은 한자로 '遁甲'이라고 쓴다. 여기서 '遁'은 피하거나 달아나거나 몸을 숨긴다는 뜻이다. '甲'에는 여러 뜻이 있는데 그중에서 껍데기, 껍질이란 뜻으로 보면 겉모습이란 의미로 통할 수 있다. 이 두 글자를 합쳐 문자 그대로 해석하면 '겉모습을 숨긴다'는 뜻이 되는데, 이것이 '모습을 바꾼다'는 뜻으로 변화한 것이라고 여겨진다.

둔갑은 변신(變身) 또는 변신술이라고 하기도 한다. 이것을 적절하게 일러줄 이야기가 『대동운부군옥(大東韻府群玉)』에 전해진다.

신라 시대, 어떤 늙은이가 김유신(金庾信)의 집에 찾아들었다. 김유신은 그를 맞아 손을 잡고 집 안으로 데리고 들어갔다. 그리고 술자리를 베풀었다. 김유신은 늙은이에게 물었다.

"지금도 모습 바꾸기를 옛날처럼 하십니까?"

그러자 노인은 그 자리에서 바로 호랑이로 둔갑하더니 이내 닭이 되고 또 매가 되었다. 그리고 마지막에는 개로 변신하더니 집을 나갔다.

바로 이런 것이 둔갑이고 변신술이다. 한데 지금부터 이야기할 둔갑의 주인공들은 놀랍고 엉뚱하게도 왕이거나 장차 왕이 될 사람들이다. 천년 묵은 백여우도 아닌데, 하물며 왕과 왕위를 잇게 될 자가 둔갑을 하다니 별스럽기 그지없다. 더구나 혼자서 둔갑을 하는 것도 아니다. 두 사람이 맞서서 둔갑술로 겨루기를 한다.

그 첫 번째 이야기의 주인공은 바로 탈해다. 탈해는 신라의 제4대 왕이지만 신화적인 인물이다. 그는 바다 너머 머나먼 고향 용성국에서 신라로 오기 전 가락에 들른다. 한데 이 대목에서 각기 다른 내용의 두 가지 이야기가 전해진다. 하나는 항해하던 탈해의 배가 잠시 가락에 들렀다가 이내 떠나버리는 것으로 되어 있지만, 다른 하나는 좀 복잡하다. 우리가 살펴볼 이야기는 바로 이 복잡한 것이다.

바다를 떠도는 이국의 나그네 주제에 탈해는 가락의 첫 번째 임금인 수로왕에게 왕의 자리를 내놓으라며 대든다. 이는 가락의 백성이라면 쿠데타에 해당하는 엉뚱한 짓이다. 이렇듯 설화 속 탈해에게서는 당돌한 면모가 자주 보인다. 그는 삼국의 왕 중에서 가장 괴짜다. 우선 그 체격부터 평범하지가 않다.

그의 외모에 대한 표현은 전해지는 이야기에 따라 다른데, 그중 하나를 보면 키가 3척에 머리 둘레가 1척이라고 한다. 이것으로 보면 그는 머리가 엄청 큰 땅딸보다. 요즘 같으면 '난쟁이 가분수'라고도 할 것이다. 그런가 하면 신장이 9척 7촌에다 머리 둘레가 3척 2촌이라고 전해지는 것도 있다. 10척에 가까운 장신인 것까지는 좋은데 머리 둘레가 신장의 3분의 1이나 되다니 이 역시 여간 괴상한 모습이 아닐 수 없다. '난쟁이 가분수' 아니면 '키다리 가분수'가 그의 체격이다.

그런 괴상한 모습이라서 그랬을까. 그는 남의 나라를 과객으로 지나치는 주제에 왕에게 자리를 내어놓으라고 했다. 가락의 수로왕은 당연히 거절했다. 그래서 옥신각신 시비를 벌이다 마침내 둔갑술을 거루게 되었다. 왕위 쟁탈전이 벌어졌던 것이다.

탈해가 먼저 매로 둔갑했다. 수로왕은 독수리로 변신했다. 쫓기던 매가 참새로 둔갑해서 날렵하게 도망치자 독수리는 새매가 되어서 뒤쫓았다. 겨루기에서 진 탈해는 왕에게 용서를 빌고 배를 띄워 가락을 떠났다. 수로왕은 행여나 탈해가 도중에 변심할까 봐 수군을 실은 배 500척을 뒤따라가게 했다.

이러한 왕들의 둔갑술 겨루기 신화는 비단 탈해 이야기뿐만이 아니다. 부여의 왕 해모수와 물의 신 하백의 둔갑술 겨루기는 한층 더 규모가 크고 흥미진진하다. 해모수는 오룡거, 즉 다섯 마리 용이 이끄는 수레를 타고 하늘과 땅 사이를 제 마음대로 드나드는 놀라운 인물이다.

해모수는 하늘의 신이자 부여의 왕이었다. 어느 날 해모수는 웅심연(熊心淵)이란 산속의 연못에서 젊고 아리따운 처녀 셋이 멱을 감으며 노는 것을 보았다. 그들은 연못 아래 땅 밑 세계의 공주들이었다. 숨어서 그 광경을 지켜본 해모수는 엉뚱한 마음을 먹게 되었다. 그리하여 다음 날 공주들이 다시 물놀이를 하고 있는데 그 현장을 덮쳤다. 세 공주 가운데 둘은 물 밑으로 달아났지만 큰언니인 웅녀는 잡히고 말았다. 성폭행당한 것이나 다를 바 없었다. 그런데도 둘은 짝을 짓게 되었는데 이에 물 밑 세계 왕, 하백의 화를 사고 말았다. 왕은 해모수에게 전갈을 보냈다. 당장 딸을 데리고 수궁(水宮)으로 오라는 것이었다. 겁에 질린 해모수는 공주를 놓아 보내려고 했다. 한데 공주가 말했다.

"아니 됩니다. 이미 두 몸이 한 몸이 된 연후이온데 어찌 정을 떼고 간 단 말입니까."

해모수는 공주와 함께 다섯 마리 용이 이끄는 황금 수레를 타고 물속 수궁으로 내려갔다. 그가 가는 길에는 서운(瑞雲), 즉 상서로운 구름이 일 었다. 하백은 해모수를 보자 소리쳤다.

"네 이놈, 네가 누구이기에 내 딸을 함부로 잡아갔단 말이냐! 남녀의 혼 사에는 정해진 규범이 있거늘, 너는 어찌 중매꾼도 없이 그따위 험한 짓 을 했느냐? 네 죄는 벼락을 맞고 죽어 마땅하리라!"

엎드려 있던 해모수가 말했다.

"감히 아룁니다. 저는 천신의 아들입니다. 부디 공주의 신랑으로 받아 들여 주소서."

하백은 뜨악해졌다. 반격을 가했다.

"말도 안 되는 소리! 그걸 어찌 안단 말이냐. 여기서 당장 그대의 자질을 보여라."

"좋습니다. 어떻게든 시험해보십시오."

"그래, 자네 각오가 그렇다면 나하고 둔갑술을 겨루세."

말이 미처 끝나기도 전에 하백은 잉어로 둔갑해서 헤엄을 치는 게 아닌가! 해모수도 즉각 이에 응했다. 그는 수달로 변신해서 금방이라도 물고기를 통째로 삼킬 듯이 덤볐다. 궁지에 몰린 물고기는 사슴으로 둔갑해 언덕 풀밭으로 내달았다. 수달은 그 순간 이리로 둔갑해 뒤쫓았다. 아슬아슬한 추격전이 이어졌다. 이윽고 이리의 창날 같은 이빨이 사슴의 목을 노렸다. 그러자 사슴은 새가 되어 하늘로 치솟았다. 그를 따라 이리는 매가 되어서 날개를 퍼덕거렸다. 쫓고 쫓기는 공중전은 그리 오래가지 않았다. 새가 사람으로 변신하더니 바른 자세로 앉았다.

"대단하오. 천신의 아드님이 아니고서 누가 이 몸을 이기리오. 내 허물을 용서하시오."

다시금 사람이 되어 엎드린 해모수의 고개 위로 하백의 부드러운 말이 맴돌았다.

"용서라니요. 말씀을 거두시기 바랍니다."

살며시 고개를 든 해모수에게 하백은 공손히 말했다.

"좋소. 나는 그대를 사위로 받아들이겠소."

해모수와 그의 장인인 하백의 둔갑술 겨루기는 이로써 끝이 난다. 이 이야기는 한국의 상고 시대의 신화 중에서 가장 흥미진진하고도 신기한 이야기가 아닐 수 없다. 한 인물이 겉모습을 바꾸어 갖가지 동물로 변신하다니, 그것도 짧은 시간 안에 연달아 변신을 하다니 그야말로 신화적이다.

더구나 이러한 변신술 겨루기는 왕의 자리를 걸고 치러지되, 하늘의 제왕과 물속 지하 세계의 제왕이 그들의 능력을 겨루며 벌어지고 있다. 그리하여 한쪽은 왕의 자리를 지켰으며 다른 한쪽은 사위의 자격을 얻어 아리따운 처녀를 아내로 맞았다.

그러니 변신술은 누구나 하는 것이 아니다. 지체나 신분이 높은 사람들이 그들의 권능과 자질을 과시하면서 치르는 것이다. 그것은 신원증명이자 신분증명이기도 하다. 역사 시대의 소설 속 인물인 홍길동이 둔갑술을 하는 것도 그와 같은 관점으로 살펴볼 수 있다.

4

'샤먼 킹'의 엄청난 권능

탈해와 수로왕 그리고 해모수와 하백 사이에서 둔갑술 겨루기는 왜 벌어졌던 것일까? 탈해도 훗날 왕이 되었으니, 결국 왕과 왕 사이에서 둔갑술 내기가 치러진 셈이다. 이것이 의미하는 바가 무엇일까? 이는 상고 시대의 왕들이 갖추고 있던 만만찮은, 아니 아주 특별난 자질을 상징한다. 지금으로 보면 초인적 능력이나 자질이라고 할 만하다.

『삼국유사』 중 내물왕(奈勿王)에 관한 기록을 보면, 왜(倭) 곧 일본의 왕이 내물왕에게 사신을 보내 "이 못난 왕은 대왕님의 신성(神聖)함을 듣고 있습니다"라고 했다고 한다. 여기서 '신성'은 그저 단순한 존경의 뜻을 나타낸 말이라고 해석할 수도 있으나, 내물왕의 신비하고도 성스러운 품성을 일컫는 것으로도 풀이할 수 있다. 즉, 내물왕이 신격화되었다고 볼 수 있다. 나아가 '신성왕(神聖王)'이란 말을 내물왕에게 적용할 수 있다고도 해석할 수 있다.

이러한 견해는 남해왕을 일컬은 차차웅 또는 자충이라는 왕호(王號)에 의해 더욱 확연해진다. 신라 시대의 학자, 김대문(金大問)의 말을 인용한 『삼국사기(三國史記)』의 기록을 보면 이러한 칭호는 무당을 일컫는다는 풀이가 있기 때문이다. 이것은 남해왕이 무당을 겸하고 있었다는 것을 의미하는 한편, '샤먼 킹(shaman-king)'이라 볼 수 있다는 것을 뜻한다. 우리말로 하면 '무왕' 또는 '무당왕'이다.

이러한 왕의 무왕다운 면과 신성왕으로서의 면모는 백정왕(白淨王)이라고도 일컬어진 진평왕(眞平王)에 관한 기록에서 구체적으로 드러난다.

왕이 즉위한 그 원년(元年)에 천사(天使)가 대전의 뜰에 내려서 왕에게 이르기를 "하늘의 상황(上皇)께서 내게 명해 이 옥대(玉帶)를 전하는 것이오"라고 했다. 왕은 친히 엎드려 이를 받들어 받았다.

이러한 묘사는 무당의 신내림 또는 신지핌의 경험, 곧 접신이라는 신비로운 체험을 연상시킨다. 여기서 조선 시대 이래 현대에 이르기까지 무당이 사회적으로 천대받은 것을 생각해서는 안 된다. 상고 시대 사회에서 무당은 사회 최상층 계급에 자리 잡고 있었던 것으로 짐작된다. 무당은 국가나 왕조의 종교를 관장했기 때문이다.

샤먼 곧 무당은 병자의 병을 고치고, 점을 쳐서 미래를 예견하고, 천지신명께 제를 지내 풍년을 불러오는 것 등등 특별하고도 뛰어난 재능과 권능을 갖추고 있다고 여겨졌다. 그중 신화와 관련한 재능은 크게 두 가지로 헤아릴 수 있다.

첫째로 한국 무속 신화의 주인공인 바리공주가 그렇듯이 모든 무당은 이승과 저승 사이를 마음대로 오갈 수 있다고 믿어졌다. 또한 무당이 죽은 이의 넋을 인도해 저승까지 바래다준다고도 여겨졌다. 무당은 저승길의 안내자이자 저승 여행을 주관한 자였다. 그러니 그에게 잘만 보이면 지옥으로 가는 것을 면하고 극락으로 목적지를 바꿀 수도 있었다. 대단한 권능이 아닐 수 없다.

보통 사람은 일단 죽어서 저승에 가면 다시는 못 돌아온다고 믿었다. '불귀불귀 귀불귀(不歸不歸 歸不歸)', 곧 '못 돌아온다 못 돌아온다, 가면 못 돌아온다'라는 것은 이를 두고 하는 말이기도 하다. 보통 사람들에게 이승과 저승은 단절되어 있다. 그 사이에 연결의 통로란 없다. 한데 무당은 그게 아니었다. 무당의 영혼은 특별난 자질을 갖추고 있었던 것이다. 즉, 그의 영혼은 생과 사를 초월해 있었다.

둘째로 무당은 변신술, 곧 둔갑을 누워서 떡 먹기로 한다고 믿어졌다. 무당이 죽은 이의 넋을 인도해서 저승길을 갈 때 둔갑을 한다는 것이다. 강을 만나면 물고기나 수달로 둔갑한다는 것이다. 태산에 길이 가로막히면 새가 되어 날아서 넘어가고, 들에서는 네발짐승이 되어 빠르게 이동한다고 했다.

한국의 상고 시대 사회의 무당은 그러한 존재였다. 그런데 동북아시아 시베리아의 일부 원주민들 사이에서는 현대에 이르기까지 그와 같은 믿음이 지켜졌다. 이른바 '샤먼의 영혼 여행'이다. 옛사람들은 영혼에 관한 아름다운 생각을 품고 있었다. 인간과 동물만이 아니라 식물도 영혼을 갖고 있다고 믿었다. 그뿐만 아니다. 그 영혼들은 서로 통할 수 있다고도 믿었다. 그래서 어느 영혼, 예컨대 사람의 영혼이 동물이 되었다가 식물이 되기도 하면서 여행을 한다고 여겼다. 식물에 깃든 영혼도 동물에 깃든 영혼이나 마찬가지였다. 그런 까닭에 일부 특출한 종교적인 능력을 갖춘 사람, 예컨대 무당은 그 영혼이 인간과 동물을 거쳐 여러 가지 모습을 갖게 되는 것이라고 여겨졌다.

그렇다면 이제 이야기는 뻔하다. 부여와 고구려, 신라의 초기의 왕들은 무당왕으로서 이와 같은 권능을 갖고 있었다. 그들이 둔갑, 변신하는 것은 당연한 일이었다.

5

왕 이 되 기 위 한 자 격 시 험 과 시 련

한국 신화에서 왕국의 시조는 으레 하늘에서 지상으로 내려오고 있다. 그들에게는 신성왕권이 깃들어 있다. 그들은 초인이고 천인 (天人)이다. 그런 만큼 그들의 자질은 별나고 그들의 권능은 특출하기 마련이다. 작은 행위에도 신비함이 서려 있고 재주가 빛난다.

고구려의 시조 주몽은 그것을 남달리 뛰어나게 보여주고 있다. 그는 신라의 혁거세와 마찬가지에서 알로 태어났다. 이른바 '난생 (卵生)신화'가 그에게도 적용되는 것이다.

아기를 가진 하백의 딸, 유화는 별실에 모셔진다. 그녀의 부른 배에는 햇살이 눈부시게 비치고 있었다. 달이 차서차자 왼쪽 겨드랑이를 통해 큰 알을 낳았다. 그것은 다섯 되가 넘는 크기였다.

인간이 알을 낳은 것을 괴이쩍게 여긴 사람들은 알을 말 목장에 버렸다. 한데 말들이 모두 피해가며 밟지 않았다. 알은 다시 산에 버려졌다. 그런데 이번에는 온갖 짐승이 감싸고 지켰다. 하늘에 구름이 끼는 날이면 유독 알 위에 햇살이 내리쬐었다.

그와 같은 신비함에 알은 생모인 유화에게로 되돌려졌고 이윽고 알이 부화해 그 속에서 사내아이가 태어났다. 한데 한 달도 차지 않아서 아이는 말을 할 줄 알았다.

이처럼 난생신화로 신격화되어 있는 주몽은 태어나자마자 이내 놀라운 이적(異蹟)을 보였다. 그는 신동(神童)이기도 했다. 아기 주몽이 자고 있는데 파리 떼가 그 눈꺼풀에 달라붙어서 잠을 설치게 했다. 아기 주몽은 어머니에게 활을 만들어달라고 해서 물레 위에 엉겨 있는 파리를 쏘아서 잡았다. 부여에서는 활을 잘 쏘는 것을 주몽(朱蒙)이라 하여 아기의 이름을 주몽이라 했던 것이다.

주몽은 동부여 금와왕(金蛙王)의 왕자들과 어울려 사냥을 가서도 사뭇 뛰어난 솜씨를 보였다. 일곱 왕자와 그 시종 사십여 명이 한 마리의 사슴밖에 잡지 못했는데 주몽은 혼자서 많은 사슴을 사냥했다. 이를 시기한 왕자들은 주몽에게서 사슴을 빼앗고 그를 잡아 나무에 매달았다. 한데 주몽은 나무를 뿌리째 뽑아 스스로 풀려났다. 이렇듯 주몽은 탄생의 신비로움으로 신격화된 인물이자 활의 명수, 뛰어난 사냥꾼, 힘센 역사(力士)까지 겸한 출중한 자였다. 병사(兵事)에 관한 뛰어난 능력으로, 드넓은 영토를 호령하는 고구려의 첫 번째 왕이 될 충분한 자격을 갖추고 있었던 것이다.

그런가 하면 그는 지능 또한 대단했다. 여러모로 자신의 왕자들보다 뛰어난 주몽을 미워한 금와왕은 주몽에게 말을 돌보는 일을 시켰다. 난데없이 목동이 된 주몽은 동부여를 떠나기로 작심했다. 요즘 식으로 말하면 망명하기로 결심했던 것이다. 주몽은 어머니가 골라준 말의 혀에 침을 박았다. 어머니가 채찍질을 하자 단번에 두 길, 즉 어른 두 명의 키보다 높은 울타리를 훌쩍 뛰어넘는 준마(駿馬)였다. 혀에 침이 박힌 말은 먹지도 마시지도 못해 날로 야위어갔다.

그러던 어느 날 금와왕이 목장에 찾아왔다. 금와왕은 뭇 말이 모두 살이 쪄서 자란 것을 보고 크게 기뻐하며 수척한 말은 주몽더러 가지라고 했다. 주몽은 말의 혀에서 침을 뽑고 잘 키웠다. 그러고는 머리 좋은 세 사람의 벗과 함께 남으로 길을 떠났다.

여기서 신화를 잘 아는 사람이라면 주몽 역시 탈해와 마찬가지로 '트릭스터'라 부를 것이다. 트릭스터란 재주나 꾀를 부리는 사람, 이를테면 꾀보나 꾀돌이를 뜻하는 말이다. 여기서 트릭스터는 다른 이를 상대해서 재주를 부리는 사람만을 이르는 것이 아니라,

스스로 갖가지 묘한 재능이며 재주를 부리는 사람을 일컫는다.

　이러한 트릭스터에 관한 이야기는 그리스를 비롯해 온 세계에 널리 퍼져 있다. 미국 원주민들의 신화 속에는 다음과 같은 트릭스터가 등장한다.

　어느 꾀보가 길을 가다가 강을 만났다. 넓은 강에는 다리도 배도 없었다. 하지만 그는 굳이 강을 건너야 했다. 하지만 예사로는 방법이 없었다. 그래서 그는 머리를 썼다. 비상한 수단을 부렸다. 그의 고추, 사내의 물건을 힘주어서 키웠다. 그게 뻗고 뻗어서 사뭇 기다란 밧줄이 되었다. 그는 그것을 강 건너편에 걸쳤다. 난데없이 줄다리가 생겼다. 그는 이쪽의 줄 끝에 몸을 감았다. 그러고는 강 건너 저쪽 줄의 끝에 힘을 주어 끌어당겼다. 줄에 두르르 말린 그는 이내 강 건너편에 다다를 수 있었다. 강기슭에 닿은 그는 사타구니 사이로 고추를 거두고 길을 재촉했다.

　그런가 하면 고대 그리스에서도 트릭스터를 만나게 된다.

　그리스 최고의 신 제우스(Zeus)와 거인 아틀라스(Atlas)의 딸 사이에서 태어난 헤르메스(Hermes)는 젖먹이 때부터 여간한 꾀돌이가 아니었다. 요람 속의 아이가 남의 소를 그것도 태양의 신 아폴로의 황소를 훔친 것이다. 보통 사람이라면 겨우 기어 다니는 젖먹이에 불과한 헤르메스는 남몰래 소를 훔친 것으로도 모자라 완전 범죄를 위해 그 흔적을 남기지 않으려 한다. 소의 꼬리를 잡고 뒷걸음질을 쳐서 끌고 온 것이다. 사람들의 눈을 어지럽히기 위한 속셈이었다.

세상에, 젖먹이가 그랬다. 그 나이로는 어림도 없는 꾀부림을 한 것이다. 여간 비상한 게 아니다. 그러나 끝내는 들통이 나고 만다. 그러자 젖먹이 소도둑 헤르메스는 남들은 상상도 못할 아양을 떤다. 거북의 등껍데기에다 양의 창자를 묶어 만든 하프를 연주해서 소 주인을 즐겁게 만들어 무죄 석방된다. 이것도 젖먹이로서는 어림도 없을 꾀부림이 아닐 수 없다.

이와 같은 미국 원주민과 그리스의 트릭스터 못지않게 한국에도 전설적인 트릭스터가 있다. 조선 시대의 시인 정수동(鄭壽銅)이다.

어느 날 정수동은 술이 마시고 싶어졌다. 하지만 주머니에는 땡전 한 푼 없었다. 한데도 그는 다짜고짜 술집으로 갔다. 외상을 청했지만 주모는 이를 거절하며 한 가지 제안을 했다. 마침 지루함에 겨워하고 있었던지 주모는 정수동이 자신을 웃겨 즐겁게 하면서도 이내 화나게 하면 술을 공짜로 준다고 했다.

"좋소, 약속은 지키시라고!"

정수동은 싱긋 웃더니 마침 마당에 나와 놀던 수퇘지에게로 다가갔다. 그러고는 넙죽 허리를 굽히고 땅에 엎드려서 돼지에게 큰절을 바치면서 말했다.

"큰형님 안녕하신지요."

주모가 깔깔대고 웃자 정수동은 주모에게로 가서 큰절을 올렸다 . 그리고 점잖게 말했다.

"큰형수님 그간 편안하셨는지요."

주모는 노기충천했다. 하지만 약속은 약속이라 술을 내주었다.

이러한 것이 트릭스터 이야기다. 이제 이와 같은 트릭스터 이야기를 생각하며 주몽에게로 말머리를 돌려보자.

트릭을 부려서 줄행랑을 놓은 주몽을 잡기 위해 동부여의 군사들은 그를 뒤쫓았다. 달아나던 주몽 일행은 이내 큰 강줄기에 가로막혔다. 강에는 다리도 배도 보이지 않았다. 궁지에 몰린 주몽은 하늘을 향해 빌었다.

"저는 하늘이 내린 제왕의 손자이자 강물의 신의 조카이온데 피난길이 막히고 말았습니다. 하느님, 저를 가엾게 여기셔서 배다리를 마련해주소서."

주몽의 기도가 끝나자 물고기와 자라 떼가 나타나 다리를 놓아 일행을 건너게 해주었다. 한데 동부여의 군사들이 다리에 다다르자 고기와 자라 떼는 순식간에 사라져버렸다. 이로써 주몽은 경치가 뛰어난 곳을 골라서 나라의 기틀을 만들고, 군신의 자리매김을 하여 마침내 고구려 건국을 이룩하였다.

이러한 사연을 보면 주몽, 즉 동명왕은 다른 왕들은 물론 여타의 시조들과도 비교가 되지 않을 정도로 기적적인 능력과 체력, 지모(智謀)를 갖추고 있었음을 알 수 있다. 그는 혁거세처럼 난생 신화로 신격화되고 그로 인해 왕의 자리에 오른 게 아니다. 그는 신비로운 힘은 물론 인간적인 면모에서도 출중했다. 그에게는 간난과 신고를 겪다 이를 이기고 넘어서는 것이 요구되었다. 하늘이 내린 갖가지 자격시험을 통과한 것이다. 왕이 되는 검정고시를 치른 것이나 다를 바 없다. 그럴 때 트릭스터로서 꾀부리기도 크게 한몫을 한 것이다.

제 6 장
변함없는 장가들기, 시집가기

축하합니다!

기쁘시겠습니다!

쏟아지는 찬사가

기쁨의 물살로 출렁대면

은은히 빛살 뿜는 화촉

신부와 신랑의 얼굴에

머금어진 미소

인생의 꽃이여,

꽃송이여.

1

혼 례 라 는 그 고 생 길

혼례, 혼인, 혼사(婚事)는 인륜대사(人倫大事)라고 했다. 사람이 사람으로 살면서 마땅히 치러야 할 요긴한 일들 가운데 으뜸으로 크고 중요한 것이 혼사다.

그래서일까? 근세나 중세 또는 고대, 상고 시대의 혼사에서 신랑이 겪어야 했던 일들은 별로 다를 게 없다. 그런 점에서는 까마득한 옛날 신화의 주인공인 부여의 해모수가 대선배다. 전설의 주인공인 고구려의 온달(溫達)이나 신라의 서동(薯童)이 그 뒤를 잇고 있다. 그리고 근세의 신랑도 신화와 전설의 신랑을 본받았다. 혼례에 관해 신화는 멀지 않은 과거까지만 해도 실화처럼 살아 있었다.

신화와 전설, 그리고 현실 속 신랑들은 모두 짐짓 어리보기가 되어야 했고 어리눅어야 했다. 그러면서도 시달려야 했고 주눅이 들어야 했다. 그들에게 혼삿길은 고생길이었다. 그야말로 혼인은 대사였다. 큰일이었다. 그 점에서는 부여 왕국의 대왕이자 신화의 주인공인 해모수나 근세의 평범한 신랑이나 추호도 다를 바가 없다.

그에 비해 오늘날 결혼식이라고 하는 혼례는 극도로 간소화되어서 별반 큰일 같지가 않다. 상업 예식장에서 주례가 주관하는 요즘의 혼례는 단 30분도 걸리지 않는다. 그것만 가지고 보면 오늘날의 혼례, 곧 결혼식은 인륜소사(人倫小事)가 되고 만 것 같은 느낌이 든다. 신랑 신부는 맞절을 주고받고 양가 부모들에게 절을 한 후 주례 앞에 서 있기만 하면 그만이다. 주례가 혼인서약 읽기, 성혼문(成婚文) 낭독, 주례사를 하는 데 10분이면 족하다. 그리고 신랑 신부 퇴장, 그걸로 식은 끝이다. 오히려 결혼식보다 기념사진을 찍는 데 더 많은 시간이 걸린다.

물론 혼사를 치르기까지 그 준비에 여간 공이 드는 게 아님을 모르는 사람은 없다. 하지만 막상 식장에서의 예식은 간략하기 이를 데 없어졌다. 풍속의 역사에서도 가장 전통을 중시하며 까다롭기로 혼례를 으뜸으로 내세운다. 한데 오늘의 한국에서는 그것이 통하지 않는다.

한국인들에게 과거의 혼례는 장엄하고 화려하게 비치긴 해도 여간 까다롭고 성가신 게 아니다. 하지만 지금으로부터 불과 네댓 세대 이전까지만 해도 혼례란 그렇게 치러졌다. 그것은 신화의 맥을 잇고 있었다.

그처럼 까다로운 혼례의 과정 중에서 누구보다 신랑은 갖은 고초를 겪어야 했다. 장가드는 일은 호사를 누리는 게 아니었다. 신랑은 험난한 고난의 가시밭길을 가야 했다. 상고 시대 신화 속 해모수가 장가를 들며 겪은 고초를 20세기 초반의 신랑들도 겪은 것이다.

신랑이 장가들기 위해 혼례가 치러지는 신부의 집으로 가는 것을 초행(初行)이라고 하는데, 그 초행은 고행(苦行)이나 다름없었다. 신랑은 나귀를 타고 가며 무슨 도 닦는 사람처럼 앞만 보고 근엄하게 가야 했다. 갈림길이 나오면 지름길을 굳이 피해서 멀리 돌아가는 길을 골라 가야 했다. 초행길이 중반을 넘을 무렵부터는 더 야단이 났다. 미리 나와서 노리고 있던 신부 측 친지들과 마을 사람들의 놀림감이 되어야 했던 것이다.

"저놈의 신랑 녀석 잘난 척하기는!"
"저 꼴에 신랑이라고!"

사람들은 별별 망측한 소리를 하며 나부댔다. 악담과 욕지거리도 난무했다. 그래도 신랑은 끽소리도 못했다. 장가가는 게 무슨 큰 죄라고 그 모든 걸 달게 받아야 했다. 그것은 영락없이 못난이, 바보 꼴이었다. 이는 온달이나 서동과 다를 바가 없었다. 온달이나 서동은 신화에 준하는 전설적인 인물이다. 이 둘은 공주를 아내로 맞았는데 그 혼인 과정에서 한 사람은 바보로 다른 한 사람은 거리의 하찮은 마[薯]장수로 천대받고 있다. 업신여김을 받을 대로 받고 있는 것이다.

그러한 신랑 또는 신랑 후보자의 딱한 처지는 신화 속으로 거슬러 올라간다. 한국의 가장 오래된 신화인 부여 신화의 주인공이자 왕인 해모수가 그 주인공이다. 해모수는 유화라는 처녀를 신부로 맞은 직후 장인인 하백을 대면하는데, 그 자리에서 하백은 천제 곧 하늘의 제왕의 아들인 해모수를 깔본다.

"네가 뭔데, 내 딸을 데려갔느냐? 별것도 아닌 주제에!"

장인은 사위를 이렇게 얕보고 있다. 그뿐만이 아니다. 어려운 시련까지 내건다. 신화에서나 전설에서나 그리고 근세의 실제 혼속(婚俗)에서나 이 땅의 신랑 후보자들은 서로 닮은꼴을 하고 있었던 것이다. 근세까지만 해도 초행길의 신랑은 장가기기 전의 고구려 바보 온달일 수밖에 없었다. 또한 산에서 마를 캐 먹고 살던 신라의 가난뱅이 서동과 다를 게 없었다. 시대를 더 거슬러 올라가서 신화의 주인공인 부여의 왕 해모수와도 다를 바 없었다.

한데 근세의 혼례에서는 신랑이 신부의 집 앞에 닿으면 더한층 고된 꼴을 당해야 했다. 당연히 집 안으로 들어서는 것이 아니었다. 오히려 반겨 마중을 받아 마땅한 신랑이 대문이나 사립문 앞에서 통행금지를 당했다. 낯선 과객 취급을 받았던 것이다. 옥신각신 면박을 당하고 봉변을 당한 끝에야 겨우 문 안으로 들어설 수 있었다. 어디 그뿐이던가? 초례(醮禮), 즉 '첫날밤'을 보낸 다음 날, 신랑은 이른바 '신랑 다루기'를 호되게 당해야 했다. 욕을 듣고 매를 맞으며 시달릴 대로 시달려야 했다.

신랑에게 혼례와 초행은 다른 게 아니었다. 바로 고생길이었다. 근세의 신랑들은 그들이 '바보 온달'과 '못난이 서동'의 후손이란 것을 보여주었다. 또한 신화 속 해모수의 후손이라는 것도 보여주었다. 신랑의 처지, 그 몰골은 천 년, 이천 년, 아니 반만년이 지나도록 한결같았던 것이다. 근세까지 이 땅의 혼례는 다름 아닌 신화였다.

2

신 랑 은 누 구 나 바 보 , 못 난 이

   혼사는 그야말로 명실공히 인륜대사 중 대사였다. 근세에도 그러했으니 고대나 상고 시대에는 오죽했을까? 먼 신화시대로 거슬러 올라갈 것 없이 삼국 시대만 해도 남녀 간의 혼사는 여간 벅찬 게 아니었다.

   바보 온달과 마장수 서동의 이야기는 이를 재미나게 전하고 있다. 놀랍게도 이 두 총각은 하찮은 신분임에도 공주를 신부로 맞아 왕가에 장가를 들었다. 하나는 바보고 하나는 산에서 마를 캐서 파는 마장수였다. 이들은 서민은커녕 천민이었을지도 모른다. 한데도 왕가의 사위가 되었다. 비록 신화에 버금가는 전설이지만 옛날이야기치고는 너무했다는 생각이 든다. 상식적으로 어림없는 짝짓기이기 때문이다.

바보 온달 이야기는 고구려의 전설이고 서동 이야기는 신라의 전설이다. 한데 이 두 이야기는 원래 하나였던 것처럼 너무나 닮아 있다. 또한 부여 신화의 해모수 이야기의 복사판 같다.

고구려의 평강(平岡)공주는 어릴 적에 울보였다. 늘 울고 찡얼댔다. 아버지인 왕은 이를 나무라며 "자꾸 그러면 이 다음에 커서 바보 온달에게 시집가게 할 것이다"라며 겁을 주었다. 세월이 흘러 공주가 처녀가 되자 왕은 딸에게 알맞은 혼처를 구했다. 그런데 공주가 "아버님께서는 제가 어릴 적부터 늘 저를 바보 온달에게 시집보낸다고 하시지 않았습니까. 저는 그리 마음 정한 지 오래되었습니다. 다른 분께 시집갈 수 없습니다"라며 고개를 저었다. 이로 인해 평강공주는 왕의 노여움을 샀고 궁중에서 쫓겨나 바보 온달에게로 시집을 갔다.

공주는 남편인 온달에게 장에 가서 궁에서 기르고 부리던 말을 골라 사 오도록 했다. 공주는 그 말을 단련시켜 훌륭한 말이 되게 했다. 온달은 말 타기 재주를 익힌 뒤 왕이 주관하는 사냥대회에서 우수한 성적을 거두었다. 또한 뒤이어 왕이 이끄는 전쟁에 참가해 고구려군의 승리에 크게 이바지했다. 이로써 왕의 마음을 산 온달은 정식으로 사위로 인정을 받았다.

이런 온달의 장가들기 과정은 시대적으로 멀리는 부여의 해모수, 가까이로는 신라의 서동이 거의 그대로 반복하다시피 하고 있다.

경주의 서동은 진평왕의 딸인 선화(善花)공주가 남달리 예쁘다는 이야기를 듣고 그녀에게 장가들기로 마음먹었다. 서동은 마로 어린아이들을 꼬여서 자신이 지은 노래를 부르며 놀게 했다.

선화공주님은 남몰래 약속을 하고
밤에 남몰래 서동을 안고 또 안는다

서동(薯童)이라는 이름에서 '薯'는 덩이뿌리 식물인 마를 의미한다. 마는 고구마나 감자와 비슷하다. 따라서 서동은 마를 캐는 아이를 의미하는 것으로 볼 수 있다. 그런데 마나 캐서 겨우 살아가는 형편없는 신분에 공주를 밤마다 안다니? 이는 당치도 않은 노래였다.

서동이 만든 노래는 경주에 퍼져나갔고 이를 들은 진평왕은 크게 노했다. 그리고 못된 것, 가당치도 않은 것이라며 선화공주를 궁에서 내쳤다. 공주는 서동을 찾아가 신부가 되었다.

공주는 왕궁에서 나올 때 왕비가 챙겨준 짐 보따리를 서동 앞에 펼쳐 보였다. 금이 들어 있었다. 서동은 이런 것이라면 마를 캐면서 많이 보았다고 자랑했다. 서동은 금을 잔뜩 캐서 궁에 보냈다. 이에 마음이 동한 왕은 서동을 사위로 인정했다. 서동은 훗날 백제의 왕이 되었는데, 그가 바로 무왕(武王)이었다.

서동, 즉 백제 무왕의 전설은 이와 같다. 그런데 서동과 온달과의 결혼 이야기에는 상당한 공통점이 있다. ① 두 신랑은 모두 하찮은 신분의 총각이다(또는 하찮은 신분으로 취급받는다). ② 두 신부는 모두 공주로 신랑과 엄청난 신분적 차이가 있다. ③ 신부 측, 즉 신부의 아버지는 신랑을 사위로 받아들일 생각이 없다. ④ 그 결과 친정에서 쫓겨난 신부는 신랑과 실질적으로 부부로 맺어진다. ⑤ 그러나 신부의 집안은 두 사람의 맺어짐을 인정하지 않는다. ⑥ 신랑은 뜻밖의 큰 공을 세우거나 남달리 뛰어난 능력을 보인다. ⑦ 이로써 신부 측은 비로소 신랑을 사위로 받아들이고, 두 사람의 혼인도 인정한다.

이렇듯 이들 결혼 이야기의 공통점은 자그마치 일곱 가지나 된다. 서동과 온달의 혼인 이야기는 비록 그 주인공은 달라도 같은 바탕으로 이루어져 있다.

3

죽을 고비를 넘기고 나서야

　앞서 전설 속 주인공 온달과 서동, 그리고 신화 속 주인공 해모수가 하나같이 신랑으로서 혼쭐나고 시달리고 괴로움을 당한 끝에 간신히 신부를 맞아 장가를 들고 있으며, 이 사연이 훗날 몇천 년이 지난 뒤인 근세의 신랑에게도 되풀이되고 있는 것을 살펴보았다.

　한데 이러한 신화의 짙은 그림자는 귀엽고 고운 동화에까지 드리워져 있다. 신화 속 신랑 해모수는 어린 총각으로 변신해 동화에서 다시 나타난다. 아름답고 재미난 동화에서도 신부를 맞이하는 주인공 소년의 처지는 해모수나 서동, 온달과 별로 다르지 않다. 그런가 하면 소녀에서 처녀로, 더 나아가 성인 여성으로 변모

하는 여자 주인공을 다루는 동화에서도 사정은 비슷하다. 장가들고 시집가는 길은 다를 바가 없다.

동화나 신화, 전설에서 주인공들은 죽음의 고비를 넘기고서야 비로소 어른의 문턱에 올라선다. 동화 속(모든 동화가 그런 것은 아니지만) 소년 주인공은 가족과 헤어져 먼 길을 떠난다. 산 넘고 물 건너 낯선 길을 가고 또 간다. 그것도 혼자서 간다. 그는 이름도 알려지지 않은 그저 그런 소년으로, 온달이나 서동과 마찬가지다. 그는 부잣집 아이도 아니고 귀한 집 자식도 아니다. 별난 재주를 가지고 있는 것도 아니다. 신화의 주인공 해모수가 신랑 후보자로서 보인 처지와 하등 다를 것이 없다.

한데도 소년 주인공은 그런 처지에 느닷없이 생전 듣도 보도 못한, 뭔가 귀하고 값진 것을 찾아서 고난의 길을 간다. 그러면서 어려움과 고통을 겪는다. 그런 끝에 마침내 얻고자 한 것을 손에 넣는다. 또한 그와 동시에 예쁜 소녀, 예컨대 공주나 부잣집 딸을 신부로 맞이한다. 소녀 주인공도 마찬가지다. 죽을 고비를 넘기고서야 가까스로 처녀가 되고 어른이 된다.

이러한 이야기의 예가 「금강산 호랑이」로 내용은 이러하다.

한 유명한 사냥꾼이 금강산에 갔다가 호랑이에게 잡아먹히고 만다. 사냥꾼에게는 아들이 하나 있었다. 홀어머니 슬하에서 자란 소년은 열심히

활쏘기를 익힌 끝에 아버지의 원수를 갚으러 가기로 마음을 먹는다. 하지만 어머니는 별별 수단을 다 써서 이를 막는다. 자신의 머리 위에 바늘을 세우고 아들에게 멀리 서서 그 바늘귀를 활을 쏘아서 맞히라고 한 것이다. 자칫하면 어머니가 아들에게 목숨을 잃을 상황이다. 어머니가 아들에게 그 같은 차마 하지 못할 짓을 시킨 것은 아들마저 금강산에 가서 목숨을 잃을까 봐 곁에 붙들어 두고자 한 것이다. 그러나 그처럼 지악하게 막는 어머니를 떠나 소년은 아버지를 삼켜버린 호랑이를 찾아 나선다. 아버지를 삼킨 호랑이는 등에 바위가 박히고 그 곁에 소나무가 솟아 있는 어마어마하게 큰 괴물 호랑이다. 소년은 활로 호랑이와 겨룬다. 호랑이는 화살을 맞고도 까닥하지 않더니 소년을 산 채로 삼키고 만다. 호랑이 배 속에는 이미 산 채로 삼켜진 처녀가 있다. 아버지의 유품인 활도 있다. 소년은 가지고 있던 칼로 호랑이 배를 가르고 처녀와 함께 살아 나와 그녀와 결혼해서 행복하게 산다.

여기서 우리는 주인공이 호랑이에게 삼켜졌다가 탈출해서 살아나는 과정의 의미를 살펴보게 된다. 소년이 신부를 얻어 장가를 드는 일은 호랑이에게 산 채로 잡아먹히는 것과 같은 고난의 고비를 넘겨야 하는 것임을 알게 되는 것이다.

「금강산 호랑이」에서의 호랑이 배와 비슷한 고난이 등장하는 동화(민화)가 「빨간 모자」다. 유럽의 동화인 「빨간 모자」의 간략

한 내용은 다음과 같다.

　주인공 소녀인 '빨간 모자'는 어머니의 부탁으로 숲속 너머 멀리 할머니 댁으로 심부름을 간다. 샛길에 들어서지 말고 곧장 길을 가야 한다는 어머니의 당부를 잊고 빨간 모자는 늑대의 꾐에 빠져 꽃이 요상하게 핀 풀밭에 들어간다. 그 사이 늑대는 할머니 집에 먼저 달려가 할머니를 통째로 삼키고, 뒤늦게 도착한 빨간 모자마저도 꿀꺽 산 채로 잡아먹는다. 배가 불러 낮잠에 빠진 늑대의 요란한 코골이 소리를 이상하게 여긴 이웃의 사냥꾼이 늑대를 죽인다. 사냥꾼은 늑대의 배가 별나게 부른 것을 이상히 여겨 배를 가르고, 빨간 모자와 할머니는 무사히 살아서 나온다.

　「금강산 호랑이」의 소년이나 「빨간 모자」의 소녀 모두 산 채로 짐승에게 잡아먹혔다가 되살아 나오는데, 이것이 뜻하는 바가 무엇일까? 그들이 죽음의 고비를 넘어서서 성숙한 어른으로 거듭난다는 의미다. 그로 인해 소년은 신랑이 되어 장가를 들 수 있었기 때문이다.
　소녀는 동화 속에서 직접 결혼을 하진 않지만 성숙한 처녀로 되살아난 이상 머지않아 신부가 될 것이다. 이 점은 독일의 정신분석학자인 에리히 프롬(Erich Fromm)의 해석을 통해서도 확인할 수 있다. 그는 소녀가 쓴 빨간 모자는 처녀의 초경(初經), 곧 첫 월경을 나타낸다고 풀이하고 있다. 바야흐로 성인 여성이 된 징조라는 해석이다. 또한 늑대는 소녀를 유혹하는 남성을 의미하는 것으로 보고 있다. 소녀, 즉 빨간 모자가 어머니의 주의에도 불구하고 늑대의 꾐에 빠져서 꽃이 핀 풀밭을 헤매게 되는 것은 사내의 유혹에 일시나마 부분적으로 넘어간 것을 나타낸다고도 보고 있다. 그만하면 처녀로서 결혼하게 될 자질은 충분히 갖춘 셈이다.

「금강산 호랑이」의 소년에게나 「빨간 모자」의 소녀에게나 미성년의 시기는 과도기다. 어른이 되고 성인이 되는 길목에 처해 있는 때다. 신라의 화랑도나 고구려의 경당에서 그러하듯 미성년자들은 '성년 의례', 곧 어른이 되는 의식을 겸한 통과의례를 성공적으로 겪으면서 기성 사회의 새 식구로 거듭나게 된다. 이는 새로운 탄생이나 마찬가지다. 「금강산 호랑이」와 「빨간 모자」의 주인공 소년과 소녀가 짐승에게 삼켜졌다가 무사히 되살아나는 것이 바로 그것을 의미하고 있다.

여기서 우리는 앞서 살펴본 한국의 전설 '땅 밑 황금돼지'는 물론 미국 영화 〈레이더스〉를 떠올리게 된다. 〈레이더스〉에서 주인공들은 '채널(channel) 경험'을 하면서 악마의 지하 소굴로부터 탈출한다. 막힌 듯 좁고 굽이치는 길을 채널이라 하는데, 우리는 누구나 태어나면서 그러한 채널을 경험하게 된다. 어머니의 모태를 벗어나 세상에 나올 때 태아가 겪는 일이 바로 채널 경험이다.

이러한 점은 동화의 중요한 일면이다. 그 재미와 환상의 밑바닥에 미성년자들이 당면할 위기, 갈등 그리고 마음의 아픔이 독사처럼 똬리를 틀고 있다. 그 무서운 똬리야말로 동화가 우리에게 베푸는 최선의 처방이자, 미성년자들을 위해 베푸는 최고의 처방 중 하나다. 동화는 고통과 고난이 곧 성공과 성취의 지름길임을 말해준다. 그 어려운 고비를 넘겨야 남아는 사내대장부가 되고, 여아는 성숙한 처녀로 또 어른으로 거듭나는 것임을 보여준다. 어려움을 딛고 일어서고, 아픔을 이겨내는 과정이 바로 소년·소녀가 겪게 될 시련임을 동화는 웅변하고 있다. 또한 그것이 장가를 들고 시집을 갈 수 있는 절대적인 전제 조건이란 것도 일러준다.

4

사내대장부가 되어야 장가든다

근세의 신랑이 그렇듯 동화의 주인공들에게도 장가들기는 고생
길이었다. 한데 이는 소년들만 그런 것이 아니었다. 소녀들도 비
슷했다.

소녀는 어른이 될 때 성년식을 거쳐야 했다. 그 점은 소년이 어
른이 되는 경우와 다를 바가 없었다. 조선 시대부터 근세에 이르
기까지 소년들은 관례(冠禮, 성년이 된 남자의 의례)를 치를 때 머리
에 상투를 틀고 갓을 썼다. 그런가 하면 소녀들은 계례(笄禮, 15세
가 된 여자 또는 약혼한 여자가 올리던 성인 의식)를 치를 때 머리에 쪽
을 찌고, 비녀를 꽂으며 족두리를 썼다. 이때 계례의 계(笄)는 비
녀를 가리킨다. 이와 같은 절차가 전통적인 한국의 성년식이었다.

과거에 소년·소녀는 반드시 성년식을 치러야 성인이 될 수 있었다. 관례나 계례는 그 보기다. 하지만 성년식이 항상 이처럼 갓 쓰고 쪽 찌는 정도로 끝났던 것은 아니다. 거기에는 상당히 어렵고 성가시고 번거로운 절차가 따르기 마련이었다. 신라에서 화랑이 되려면 성년식에 수반된 훈련과 시련을 겪어야 했던 것은 그 때문이다. 김유신에 관한 다음과 같은 전설을 보면 알 수 있다.

소년 김유신은 깊은 산골의 동굴에서 홀로 입산수도하고 있었다. 심신을 호되게 단련시키고 있었다. 꽤 오랜 시간이 지난 어느 날, 문득 그의 눈앞에 나이 많은 도인(道人)이 나타났다. 도인은 눈부신 원광을 등지고 김유신에게 칼을 내밀었다. 칼은 찬란하게 빛살을 내뿜고 있었다. 김유신은 황홀한 기분으로 칼을 받아 들고 엎드렸다. 한참 만에 고개를 드니 도인은 온데간데없었다.

이것이 화랑으로서 김유신이 자신의 입지를 굳히고 사명감에 넘치게 된 계기라면, 이는 또한 그가 입사식 또는 성년식을 치른 것이라고도 볼 수 있다.

한데 고구려에서는 더욱 까다롭고 힘겨웠다. '기마 국가'라고 일컬어질 만큼 승마와 창칼에 뛰어난 병사들을 각별히 길러낸 국가였던 고구려는 성년식 또한 예사롭지 않았다. 고구려에서는 소년들을 위한 교육 기관이나 제도를 경당(扃堂)이라고 불렀다. 경(扃)은 '빗장' 또는 '문간'을 뜻하는 말로 경당은 '빗장 달린 집', 곧 특수한 교육기관을 일컬었다. 경당에서 배움을 받을 나이에 접어든 고구려의 소년들은 엄청난 시련을 겪어야 했다. 『신당서(新唐書)』, 『구당서(舊唐書)』 등의 중국 역사책을 보면 이에 대해 다음과 같이 묘사한 내용이 있다.

소년들이 맨살의 등짝에 묵직한 지게 짐 같은 것을 졌다. 웃통은 훌랑 벗어젖힌 채, 반알몸의 몰골로 짐을 진 것이다. 그러고는 껑충껑충 뛰었다. 덜컹덜컹, 육중한 지게 짐이 등의 맨살과 부딪치며 쓰적거렸다. 칼날로 일부러 할퀴는 듯했다. 온 등살이 쓰리고 아렸다. 마침내 맨살이 짓이겨졌다. 피가 맺히다가 핏물이 등을 타고 줄줄 흘러내렸다. 그런데도 소년들은 계속 뜀박질을 했다. 춤추면서 맴돌기도 했다. 결국에는 땅바닥에도 피가 얼룩졌다.

김유신의 고행은 이에 비하면 차라리 수월한 편이다. 어찌되었건 신라의 화랑도나 고구려의 경당은 같은 가르침을 주고 있다. 소년이 사내가 된다는 것, 성년이 되고 대장부가 된다는 것은 아주 중요한 일이라는 것이다. 과거에는 그렇게 어렵고 힘겨운 고비를 넘기고서야 비로소 소년은 청년이 되고 장가들 기틀이 마련되

었다. 결혼 적령기라고 해서 당연히 신부를 얻어 장가를 든 것이
아니었다. 나이를 먹고 키가 크고 외모가 성숙해졌다고 해서 그걸
로 사내대장부가 되는 것이 아니었다. 홀로 깊은 산골의 굴에서
고행하며 육신의 성장에 어울리게 정신적·인격적으로 자신을 닦
아야 했다. 심신을 더불어 단련해야 했다. 그뿐만 아니었다. 무거
운 지게 짐짝에다 인생을 실어서 이겨내어야 했다. 피투성이의 고
통을 감당해내어야 했다.

　이렇듯 고통과 시련은 소년이 청년이 되어 장가를 가기 위한 필
수의 전제 조건이었다. 장가들 자격을 갖춘 사내대장부가 되는 길
은 크나큰 고비요, 고개요, 어려운 난관이었다. 과거와는 달리 우
뚝 인생의 정상에 올라서는 것이기도 했다. 비약적으로 발전하는
것을 의미했다. 그러하기에 또한 여기에는 온달, 서동, 해모수의
혼례 이야기가 얼룩져 있는 것이다. 신랑 후보자는 누구나 온달,
서동, 해모수였던 것이다.

제 7 장

신과 왕의 장가들기, 그 고난과 장관

서동과 온달이 장가간
그 고생길.
그것은 까마득히 신화로
거슬러 올라가는 것.
신이기에, 하늘 내린 신이라서
무척 고된 시련으로
치러진 그 혼사여.

신에게도 힘겨운 신랑 되기

온달과 서동은 역사적인 인물이다. 그들의 혼례 이야기는 전설로 전해져왔다. 앞서 이야기했듯이 두 사람 모두 고생, 고생해서 겨우 장가를 들었다. 결혼은 어려운 난관이고 힘겨운 고비 같은 것이었다. 이들의 혼사의 내력은 사뭇 먼 신화시대로 거슬러 올라가 신들의 결혼에까지 닿아 있다.

부여를 창건한 해모수는 '천지자(天之子)'라고 일컫는다. 하늘에서 태어나서 하늘에서 자란 '하늘 사람'이라는 뜻이다. 또는 '천제자(天帝子)', 즉 하늘의 제왕의 아들이라고도 불린다. 해모수는 단군이나 혁거세, 수로왕처럼 그 출생이 하늘과 인연이 맺어진 인물로서 신비롭게 신격화되어 있다. 해모수는 처음으로 하늘에서 지상으로 내려왔을 때 다섯 마리 용이 이끄는 수레를 타고 있었다고 한다. 그리고 고운 무늬의 구름들이 그를 에워싸고 아름다운 음악 소리가 울렸다고 한다. 지상에 내려온 해모수는 이내 나라를 세웠다. 그리고 왕비를 맞을 차례가 되는데 신화는 그 사연을 다음과 같이 길고 장엄하게 전하고 있다.

해모수는 어느 날 압록강 가의 연못에서 물의 신의 딸 셋을 보았다. 아름다운 처녀들에게 홀린 해모수는 마음이 혹하게 되었다. 해모수가 가까이 가자 처녀들은 이내 연못 깊은 곳으로 몸을 숨겼다. 그러자 해모수는 사랑의 전략을 꾸몄다. 아니 사랑의 마술을 부렸다. 해모수가 말채찍으로 연못가의 땅바닥에 그림을 그리자 그 모양 그대로 작은 궁전이 지어졌다. 그리고 그 안에 비단으로 꾸민 자리 셋을 장만하고 황금 술통을 차려놓았다. 그러자 물가로 나온 물의 신의 딸들은 그 찬란한 자리에서 술을 들이켜고 크게 취하고 말았다. 그때를 노려 해모수는 궁전 안으로 들이닥쳤다. 동생 둘은 용케 몸을 피해 연못 밑으로 사라졌지만, 유화는 해모수에게 붙들리고 말았다. 그래서 둘은 짝을 짓게 되었다.

이로써 해모수와 유화는 일차적으로 신랑 신부로 맺어지고 이것으로 두 사람의 결혼 이야기 전반부가 마무리된다. 하지만 그것은 어디까지나 결혼하는 과정의 일부에 지나지 않는다. 이 점은 아주 크게 강조되어야 한다. 이 짝짓기 과정은 소위 '약탈혼'이라 볼 수 있는데, 그렇다고 이것이 전부는 아니다. 신랑이 신부를 억지로 덮치다시피 해서 짝을 이룬 것은 겉보기에 불과하다. 혼인이라는 과정에서 절차상 그리 보이는 것뿐이다. 그럴듯하게 꾸며낸 것이다.

어찌되었건 해모수는 유화를 가로채다시피 해서 제 사람으로 만든다. 그로써 일차적으로 남녀의 결합을 이루었다. 실질적으로 이미 혼사가 치러진 것이나 다름없다. 그러한 까닭에 이 대목을 두고 '사실혼(事實婚)'이란 말을 쓰게 되는데, 이것은 지나간 묵은 시절, 적어도 삼국시대까지만 해도 결혼의 정식 절차 중 일부였다. 하지만 그걸로 혼사가 모두 끝난 것은 결코 아니었다. 더욱 중요한 다음 절차가 기다리고 있었다. 이차적이고 본격적인 절차가 남아 있었다. 그 대체적인 모습을 보면 다음과 같다.

해모수가 자기 딸 유화를 가로채다시피 해서 짝을 지은 것을 알고 유화의 아버지인 하백, 곧 물의 신은 크게 노했다. 그리하여 사람을 보내어서 말을 전했다.

"도대체 네가 누군데 내 딸을 잡아두었단 말이냐?"

그러자 해모수는 자신이 하늘의 제왕의 아들로 하백의 집안과 혼인을 맺으려 한다고 대답했다. 이에 하백은 더 크게 노했다. 하늘의 제왕의 아들이라면 마땅히 사람을 시켜서 당연한 절차를 밟아야 하거늘, 어찌 이리 귀한 딸을 채가다시피 해서 예법에 어긋나는 일을 하느냐고 했다. 그러자 기가 꺾인 해모수는 유화를 돌려보내려고 했다. 하지만 유화는 이를 거역했다.

"'이미 한 몸이 되어서 정을 주고받았는데, 어찌 저더러 헤어져 가라 하시나이까?"

그러면서 함께 친정인 수궁으로 가기를 청했다. 그러자 해모수는 하늘에서 다섯 마리 용이 이끄는 수레를 내려오게 해서 신부와 함께 하백을 찾아갔다. 사윗감을 마중한 하백은 해모수에게 말했다.

"그대가 진정 천제의 아들이라면 반드시 남다른 신비로움이 있어야 할 것이다. 내가 그것을 시험코자 한다."

둘은 둔갑술을 겨루었다. 그리고 결국 하백은 해모수의 신이(神異)함을 인정하고 정식 사위로 삼아서 예법에 맞게 혼례를 치르게 했다. 그런데도 하백은 마음이 놓이지 않았다. 새신랑이 행여나 변심할까 봐 술책을 썼다. 술자리를 벌여 해모수를 곤드레만드레로 취하게 한 다음, 딸과 함께 가죽 주머니에 넣어서 오룡거에 실어 하늘로 올려 보내려 했다. 하지만 해모수는 미처 수궁 바깥의 물속을 벗어나기도 전에 깨어나, 가죽 주머니를 신부의 황금 비녀로 찢어 신부는 친정으로 돌려보내고 홀로 하늘로 올라가고 말았다.

이로써 부여의 왕 해모수의 혼사는 두 번째 절차가 마무리된다. 두 단계로 혼례를 치른 해모수의 신화를 통해 우리는 부여의 혼례가 그만큼 쉽지 않았다는 것을 짐작할 수 있다. 이 점은 온달과 서동의 혼례, 즉 고구려와 신라의 혼례에서도 마찬가지다.

첫 단계의 혼례는 사실혼이고, 두 번째 단계의 것은 합법혼(合法婚)으로 같은 신랑 신부가 두 번에 걸쳐 결혼 절차를 밟았다. 사실혼은 신랑 신부, 두 집안의 부모들의 합의나 참여가 있기 전에, 신랑과 신부가 사실상 짝을 짓는 것을 뜻한다. 해모수가 웅심연에서 유화를 만나 짝을 짓는 것이 이에 해당된다.

평강공주와 온달 그리고 선화공주와 서동도 이와 다를 바 없는 짝짓기를 하고 있다. 부여와 고구려 그리고 신라의 남녀 세 쌍이 똑같은 사실혼을 치르는 것이다. 이것은 우연이 아니다. 각기 시대가 다르고 나라가 달라도 상고 시대의 한국에서 같은 방식의 혼례가 치러졌음을 의미하는 것이다.

한데 이들 세 쌍의 신랑 신부는 한결같이 신부 측 부모의 반대 또는 반감을 무릅쓰고 미리 맺어진다. 유화의 아버지인 하백도, 선화공주나 평강공주의 부왕도 딸의 신혼을 못마땅하게 여긴다. "네까짓 게 뭔데 내 딸하고!" 하백은 그런 악담으로 사윗감인 해모수를 대하고 있다. "내 딸이 그 따위 사내와 짝이 되다니 당치도 않아!" 선화공주나 평강공주의 아버지도 사윗감을 못마땅하게 여긴다. 이들 신부의 아버지는 모두 딸의 혼사에 마음이 내키지 않는다. 이런 게 사실혼의 속내다. 남녀가 이미 짝을 지은 것이 사실임에도 신부 집안의 합의나 승인은 얻어내지 못한다. 신랑 신부는 사뭇 떨떠름할 것이다. 영 탐탁지 못할 것이다. 그런 까닭에 합법혼의 절차가 이어 치러진 것이다. 신부 측에서 '그래 너희들의 맺어짐을 마땅한 것으로 인정해주마!'라는 투로 또 다른 혼례 절차를 밟은 것이다. 이때 합법혼의 주도권은 어디까지나 신부 측에 있다.

그런 이유로 신랑은 자신이 사윗감으로 모자람이 없으며 자질을 갖추고 있다는 점을 과시하게 된 것이다. 온달은 무사(武士)며 장군이 될 만하다는 것을, 서동은 황금을 풍족하게 가진 재벌이거나 부호라는 것을 보여준 것이다. 또한 해모수는 장인과의 둔갑술 겨루기에 이겨 하늘에서 내린 천제의 아들임을 입증했다. 세 신랑 모두 '자격 증명'을 따내어야 했던 것이다. "좋아, 그만하면 이제 너는 우리 집 사윗감이 될 만하다!" 이렇게 세 신부 집에서는 한결같이 이미 사실혼을 치른 신랑을 받아들이고 있다. 혼사가 비로소 합법적으로 인정된 것이다.

합법혼의 주도권을 신부 측이 틀어쥐고 있었던 것은 고려, 조선시대를 거쳐 가까운 근세에 이르기까지 한국의 혼례 철칙으로 줄곧 지켜졌다. 그리하여 그 긴 세월 동안 이 땅의 신랑들은 신부 집에 가서 혼례를 치렀다. 그리고 이른바 동상례(東床禮)라는 절차를 통해 신부 가족은 신랑을 합법적으로 욕보이기, 즉 '신랑달기'를 거침없이 해댄 것이다.

2

결혼이라는 대규모 행사(1)
: 신부 마중의 스펙터클

오늘날의 혼례, 즉 결혼식은 너무 단출하다. 대개 상업 예식장에서 결혼식을 올리는데 이는 초라하다고 해도 지나친 말이 아니다. '혼사는 인륜대사'라고 일러온 그 말에 어울리지 않는다. 중세부터 근세까지 이어져온 한국의 전통 혼례는 그야말로 인륜대사였다. 신랑 신부가 맞절을 교환하는 초례부터 첫날밤인 초야, 그리고 다음 날 신랑달기를 하는 동상례까지, 모두 혼례의 필수 절차였다. 이 필수 절차를 치르는 데만도 이틀이나 걸릴 만큼 혼례는 까다롭고 성가신 것이었다. 또한 화려하고 웅장했다. 엄숙하고도 요란했다. 신랑이 혼례가 치러지는 신부 집으로 가는 초행만 해도 앞서 이야기한 바와 같이 여러 절차와 과정을 겪어야 하는 고행길이나 다를 게 없었다.

한데 그것은 이제 모두 지나간 이야기, 남의 이야기가 되고 말았다. 상업 예식장의 결혼식은 길어야 30분이면 끝이 난다. 기념사진을 찍는 데 도리어 더 많은 시간이 걸린다. 이와 같은 혼례를 치르고 있는 오늘날의 우리에게 신화시대 혹은 상고 시대의 혼례는 어떻게 비쳐질까? 그것은 하늘과 대지, 하늘과 바다의 어우러짐과 같을 것이다. 규모가 크고 장려하다. 숙연하고도 화사하다. 눈이 부실 지경이다.

가야의 수로왕과 허황후(許皇后)의 혼례는 또 다른 차원으로 웅대하고 화려하다. 포스트모더니즘을 표방한 요즘 말로 하자면 그것은 크나큰 이벤트고 퍼포먼스다. 그 장면은 그야말로 스펙터클이다. 호화롭고도 장대하다. 천제, 곧 하늘의 제왕의 태자로서 지상에 내려와 가락 왕국을 세운 수로왕과 바다 너머 피안과도 같은 세계인 아유타국(阿踰陀國)의 공주의 혼례답다.

가락의 아홉 고을의 우두머리가 수로왕에게 아뢰었다.

"대왕께서는 하늘의 신령으로서 가락 땅에 내리신 분이신데 아직 좋은 짝을 얻지 못하고 계십니다. 청컨대 신들에게 좋은 처녀를 고르도록 하시어 왕비로 삼으시기 바랍니다."

그러자 수로왕이 대답했다.

"짐이 하늘에서 이곳으로 온 것은 하늘이 시켜서 한 것이니라. 짐이 짝을 얻어 왕후로 삼는 일 역시 하늘이 시키는 바를 따를 것이다. 그대들은 걱정하지 말지어다."

수로왕은 곧바로 한 우두머리에게 이르길 한편으로 배를 이끌고 다른 한편으로는 날쌘 말을 이끌어 망산도(望山島)와 그 둘레에 가서 기다리라 하였다. 그와 동시에 또 다른 우두머리에게 승점(乘岾)이라는 고개에 올라가서 기다리라 하였다. 그러자 문득 서남쪽 바다에서 배들이 붉은 돛대를 세우고 쪽빛 깃발을 휘날리며 북쪽을 향해 힘껏 다가오는 것이 보였다. 기다리던 우두머리와 그 무리들이 섬 위에서 횃불을 높이 들고 서로 다투면서 뭍으로 내려갔다. 그리고 바다 건너 온 배들을 반기면서 왕에게 알렸다.

이렇듯 『삼국유사』를 통해 전해지고 있는 『가락국기』의 내용을 보면 신부 측의 신행(新行)길과 이를 마중하고 있는 신랑 측의 행적이 소상하고 멋지게 그려져 있다.

수로왕의 신부는 바다 너머 까마득히 멀고 먼, 피안의 세계와도 같은 아유타라는 나라에서 배를 타고 건너오고 있다. 그 엄청난 뱃길은 혼례를 올리기 위한 초행길이다. 배에는 붉은빛의 돛이 올라가 있고 쪽빛의 깃발이 휘날리고 있다. 붉음은 부귀와 영화의 빛이다. 동트는 새벽 바다의 빛인 쪽빛은 성스러움을 나타낸다. 이는 왕가의 혼사가 장려함을 상징하는 것이다. 두 가지 빛으로 치장한 배는 여간 화려한 게 아니다. 가락의 왕실에서 신부의 초행길은 그토록 눈부신 것이었다.

그런가 하면 그토록 장엄하고 화사하게 바다를 건너 다가오는 신부의 배를 신랑 측은 우람하게 마중하고 있다. 한 무리의 기마대가 횃불을 드높이 쳐들고 내달리면서 다른 무리인 선단(船團), 곧 화려하게 다가오고 있는 배의 행렬을 향해 환영의 뜻을 표하고 있다.

그것은 어마어마한 장관이다. 그야말로 스펙터클이 아닐 수 없다. 한국의 역사에서뿐 아니고 온 인류의 역사에서 이토록 눈부시고 으리으리한 혼례의 예비 행사를 치러낸 보기는 따로 없을 것이다. 본격적인 혼례도 아니다. 혼례 치르기 전의 신부 마중인데도 이토록 어마어마했던 것이다.

결혼이라는 대규모 행사(2)
: 바지 벗는 신부

그런데 가락의 신부 마중은 이것으로 끝나지 않고 있다. 갈수록 태산이 아니라 갈수록 더욱더 장관이다.

신부 일행이 탄 배가 드디어 육지로 다가오고 있다는 전갈이 달려간 신하들에 의해서 수로왕에게 전해졌다. 왕은 이를 듣고 매우 기뻐했다. 거듭 아홉 우두머리를 보내어 마중하게 하였다. 일행은 목련나무로 만든 작은 노를 갖추고 계수나무로 만든 큰 노를 들어 왕비를 맞이하며 곧장 궁성으로 모시고자 했다. 하지만 신부는 호락호락하지 않았다. 신부는 단호하게 말했다.

"내가 너희와 평생토록 알고 지낸 것도 아닌데 어찌 경솔하게 너희를 따라간단 말이냐."

신부의 이 말은 곧장 왕에게 전해졌다. 왕은 옳다 말한 후 관계된 신하들을 거느리고 행차해서 대궐의 아래쪽 서남으로 육십 걸음가량 떨어진 곳에 나아갔다. 그리고 산기슭에 휘장을 치고 기다렸다.

한편 신부는 그 산기슭 바깥의 별포진이라는 포구에 배를 대고 육지에 올라섰다. 그리고 높다란 언덕에서 쉬었는데, 입고 있던 바지를 벗어서 산신령에게 제물로 바쳤다. 따라온 신하들은 비단이며 옷가지, 금과 은 그리고 각종 구슬을 수도 없이 많이 가지고 왔다. 그런 다음 신부는 조금씩 왕이 기다리고 있는 곳으로 걸음을 옮겼다. 이에 응해서 왕은 나아가 정중하게 신부를 맞이했다. 그리고 신부와 함께 휘장이 쳐진 궁으로 들어갔다.

이렇게 절차를 갖추고 격식을 가리면서 신부와 신랑은 서로 근접하고 있다. 신랑 쪽에서는 목련나무, 계수나무 등의 귀한 나무로 만든 짧은 노, 긴 노 그리고 키를 높이 추켜들어 다가오는 신부 일행의 배를 환영하고 있다. 이처럼 물에 띄워진 배 안에서 노 또는 키를 높이 쳐드는 것은 오늘날 해군 의장대(儀仗隊)에서도 치러지는 전형적인 의식(儀式)이다. 그런데 그와 같은 정경이 가락의 신부 맞이에서 연출되고 있는 것이다. 가락의 수병(水兵), 곧 해군 의장대의 의식은 그 방면에서 온 세계를 망라해 최초의 선례가 될 것이다. 가락은 실로 대단한 선진국이었다.

한데 먼 뱃길을 거쳐 가락에 찾아든 신부는 육지에 오르자 이내 높은 언덕에 가서 조금 색다른 행동을 취하고 있다. 즉, 바지를 벗어서 산신령에게 제물로 바치는 것이다. 이것은 예삿일이 아니다. 젊은 여성이, 더욱이 바야흐로 혼례를 치를 신부 후보자가, 그것도 공주가 공개된 자리에서 바지를 벗다니 상상조차 하기 어렵다.

이때의 바지는 제유법(提喩法)으로 풀이해볼 수 있다. 전체를 일부로써 대표하거나 나타내는 비유법이 곧 제유법인데, 문제가 된 이 장면에서 바지는 신체의 일부이자 바로 몸을 나타낸다. 즉, 신부는 그녀가 시집가기로 된 왕실의 땅에 자신을 바치는 것이나 마찬가지다. 그로 인해 신부는 온전히 시집의 사람이 되는 것이다. 여성에게 시집가는 일은 시집과의 동화를 뜻한다는 것을 이 바지 벗기는 보여준다.

이처럼 의미 깊은 절차를 마치고 신부는 마침내 신랑인 수로왕과 함께 미리 마련된 장막 안으로 들어간다. 그 자리에서 신부는 자신이 어떻게 해서 머나먼 바다 너머 아유타국에서 가락까지 오게 되었는지 신랑에게 아뢴다.

제 나이는 열여섯으로 아유타국의 공주이며, 성은 '허(許)' 이름은 '황옥(黃玉)'이라 합니다. 지난 오월에 제 아버지인 왕께서는 어머니인 황후와 함께 제게 일러주셨습니다. 두 분은 같은 꿈을 꾸셨다고 하셨습니다. 두 분이 함께 꿈에서 하늘의 상제(上帝)님을 뵙게 되었는데, 상제께서 다음과 같이 일러주셨다 합니다.

"가락의 왕인 수로는 하늘에서 내려 왕의 자리에 올랐으니 신성하고도 거룩한 분이다. 그가 나라를 세우기는 했으나 여태 그 배필을 정하지 못하고 있다. 그대들은 공주를 보내어 수로의 배필이 되게 할지어다."

이처럼 황옥은 하늘의 지시를 따라 바다를 건너서 오게 되었다고 한다. 즉, 수로왕과 허황후가 부부가 된 데에는 하늘의 뜻이 작용한 것이다. 신의 지시에 따라 두 남녀는 짝을 지은 것이다. 문자 그대로 '천정배필(天定配匹)', 하늘이 정한 부부다. 이 이야기는 이른바 '신성혼(神聖婚)', 거룩한 혼례에 대해서 말하고 있다. 더욱이 허황후는 어디인지 알 수 없는 미지의 나라, 아유타국 출신이다. 바다 건너 까마득히 먼 나라, 또는 바다 너머 피안 세계의 여인일 수도 있다. 그러니 수로와 황옥의 만남은 하늘과 바다의 만남이라 할 수 있다. 우주적인 규모의 신랑과 신부의 짝이라고 해도 괜찮을 것이다.

신라는 상당한 정도로 해양국가의 모습을 갖추고 있었다. 탈해 왕이 바다 건너 피안에서 왔는가 하면, 문무왕은 죽어서 바닷속 바위를 무덤 삼아 잠들었다. 하물며 가락은 이에 대해 더 말할 게 없다. 황옥이 배를 내렸다는 부산시 교외의 웅천과 가락의 옛 땅인 김해는 아주 지척이다. 그만큼 가락은 해양국가로서의 면모를 갖추고 있었을 것이다. 따라서 나라의 첫 왕비가 바다와 연관되어 있는 것은 우연이 아니다. 이처럼 나라의 첫 왕과 왕비가 하늘과 바다의 짝으로 맺어진 것은 신라의 혁거세와 알영(閼英), 부여의 해모수와 유화가 하늘과 물의 짝인 것과 크게 다를 바가 없다.

4 국가 기념행사가 된 왕과 왕비의 혼례

수로왕과 허왕후는 엄청 큰 규모의 혼례를 올리고 있다. 하늘이 내린 신랑과 바다 너머 피안에서 온 신부의 혼사답게 장대하고 화려하다. 『가락국기』에서는 수로왕과 허왕후의 짝을 두고 비유하기를 "하늘에는 땅이 있고, 해에게는 달이 있으며, 양(陽)에는 음(陰)이 있다"고 하고 있다. 왕과 왕비의 혼사와 그 배필을 말하면서 천지와 일월의 짝에 견준 것이다. 따라서 이 두 신랑 신부의 결합은 우주적이라고 해도 좋다.

그런 까닭에 그 축복 받은 왕실의 혼사는 여간 대단한 게 아니었다. 바다와 육지 사이에서는 기마대가 강을 끼고 내달렸으며, 바다에서는 선단이 물살을 가르며 서로 반기고 있었다. 그저 내달리고 물살을 가르며 서로에게 다가서고 있는 것이 아니었다. 횃불을 올리고 환호하며, 키와 노를 높이 추켜들며 서로에게 화답했다. 산과 들, 바다를 끼고 온 나라 안이 번쩍번쩍, 시끌벅적했다. 그러다 보니 이 혼사와 관련된 곳은 특별한 이름이 붙여지고 기념비가 세워지기도 했다.

신부 황옥이 처음 배에서 내린 곳은 '주포(主浦)', 즉 '님개'라고 했으며, 그녀가 뭍에 올라 비단 바지를 벗어서 제물을 바친 곳은 '능현(綾峴)', 즉 '비단 고개'라고 했다. 또한 황옥이 탄 배의 쪽빛 깃발이 처음 보인 바닷가는 '기출변(旗出邊)', 곧 '깃발이 나타난 갯가'라고 이름 지어졌다. 왕과 왕비의 혼사에 관련된 터나 장소가 국가의 역사적 유적이 된 것이다.

수로왕과 허황후의 혼사는 그토록 엄청난 것이었다. 혼사 자체가 범국가적인 규모의 행사였다. 그러다 보니 수로왕과 허왕후가 각각 158세, 157세의 나이로 세상을 떠난 후, 그들을 추모하는 행사는 과거 그들의 혼사를 재현하는 내용으로 치러졌다. 매년 7월 29일마다 '희락사모지사(戲樂思慕之事)'라는 국가적인 기념행사로 두고두고 재현된 것이다. 이 행사는 초대 왕과 왕비를 그리는 행사이자 즐거운 놀이였다. 사람들은 그 옛날 신랑 일행이 신부 일행을 마중하기 위해 올라서 있던 승점 고개에 장막을 쳐놓고, 술과 음식을 먹으며 소리를 지르면서 기뻐했다. 또한 동서 두 편으로 나누어 서로 반기는가 하면, 좌우로 편을 갈라서 행사를 벌였다. 큰 무리가 동서, 좌우 네 방향으로 편을 갈라 환호하고 즐기다니 여간 성대한 것이 아니다. 대단한 퍼포먼스다. 혼사는 곧 장대한 이벤트였던 셈이다.

또한 그들은 두 편으로 나뉘어 한편은 허황후가 배를 댄 곳에서 멀지 않은 망산도를 향해 서로 경주하듯 말을 달렸고, 다른 한편은 배를 띄워 북쪽으로 다투어 달려 나갔다. 그러면서 허황후 일행이 배를 내린 포구를 향해서 어느 편이 먼저 가는가를 겨루었다. 이는 가락의 신료들이 신부가 온 것을 왕에게 알리기 위해 내달린 그 장면을 그대로 재현한 것이었다. 이는 바다와 육지에 걸쳐 전개된 장려한 퍼포먼스라 할 수 있다.

한국의 여러 왕조의 역사상 이와 같은 행사는 오직 가락에서만 볼 수 있다. 물론 부여의 왕 해모수와 유화의 혼사도 거창하게 묘사되고 있지만, 이들 왕과 왕비의 혼사를 재현하는 국가적 규모의 행사가 있었다고 전해지지는 않는다. 나라를 연 왕과 왕비의 혼사가 훗날 역사적이고, 범국가적인 기념행사가 된 본보기는 가락이 유일하다. 그만큼 수로왕과 허황후의 혼사는 뜻깊다. 오늘날 우리가 결혼이나 혼사를 생각할 때 수로왕과 허황후의 혼사가 국가적인 기념행사가 된 점을 유념하길 바란다.

제8장
여성에게 바쳐진 신화

인간들은 여성들에 부쳐서
아름다움의 결정을 노래했으니,
꽃이 오히려 그들을 부러워한 것.

그들은 우아함, 세련됨, 화사함
거기다 정겨움, 다사로움의 궁극.

신화에서 여성은
생명 있는 모든 것의 어머니.
우리가 목숨 부지하고 있는 땅덩이도
그 어머니에게서 비롯한 것.

1

대모신, 위대한 태초의 어머니

　우리는 누구나 어머니에게서 태어난다. 어머니는 모든 생명의 시작이다. 그래서일까? 온 인류는 인종, 종족에 따라서 그들을 최초로 낳은 어머니에 대한 신화를 전해왔다. 모든 인종과 종족을 통틀어 그들의 '첫 어머니'에 대한 믿음을 줄기차게 전해오지 않은 경우는 드물다. 그 어머니는 대단한 어머니, 엄청난 어머니였다. 사람만 낳은 게 아니다. 대지를 낳거나 지상의 만물을 낳은 어머니도 있다.

　그들은 '원조(元祖) 어머니' 또는 '대모(大母)', 곧 '큰 어머니'라고 일컬어져왔다. 대모의 영어 표기는 'Great Mother'로, 단어의 첫 글자를 굳이 대문자로 표기하고 있다. 이들은 신으로 섬겨지기도 한 나머지 '대모신(大母神)'이라고 불리기도 한다. 심지어 이 위대한 대모신은 대지를 낳았다고도 해서, '지모신(地母神)' 또는 '대지(大地) 모신'이라고 일컬어진다. 그런 까닭에 지상의 모든 푸른 생명의 모태인 대지와 동일시되기도 한다.

독일이 낳은 위대한 현대 시인 라이너 마리아 릴케(Rainer Maria Rilke)는 시를 통해 어떤 별자리에 관해 노래했다. 그것은 밤하늘에 M자로 빛나고 있는 성좌였다. 여기서 M은 어머니를 의미하는 독일어 'Mutter'의 머리글자다. 물론 이런 별자리는 실제 존재하지 않는다. 릴케는 시에 부치는 상상으로 '어머니 별자리'를 노래한 것뿐이다. 이때 릴케의 마음속에서 어머니는 대모신으로 통하고 있었을지도 모른다.

한국의 신화에서는 삼국 시대 초기부터 이미 대모 또는 대모신을 '성모(聖母)' 또는 '신모(神母)'라고 일컬어왔다. 혹은 '모주(母主)'라고도 했다. 이때 모주는 단순히 어머니란 뜻이 아니다. 어머니의 어머니, 모든 어머니의 으뜸이란 뜻이다.

그 예로 신라에는 '선도(仙桃) 성모', 가락에는 '정견(正見) 모주'가 국모로서 섬김을 받고 있었다. 선도 성모 또는 선도산(仙桃山) 성모는 신라의 대모신이다. 문헌을 보면 산신(山神)이자 지신(地神)까지 겸하고 있었던 것으로 짐작된다. 또한 지선(地仙), 곧 대지의 신선이라고 일컬어지기도 했다. 이러한 여러 성격으로 보아서 선도 성모가 대지 모신인 것은 쉽게 헤아릴 수 있다. 거기다 『삼국유사』에는 '선도 성모가 아들을 낳았는데 그가 해동(海東)의 시조가 되었다'고도 기록되어 있으니, 선도 성모는 한 나라의 대모신이기도 했다.

또한 진평왕 때의 비구니 지혜(智惠)는 선도 성모가 꿈에 나타나 사찰을 지을 자금을 얻을 수 있었고, 경명왕(景明王)은 선도 성모의 음조(陰助)로 잃어버린 매를 되찾을 수 있었다고도 전해진다. 선도 성모는 신탁을 내리고 계시를 내리는 신비한 능력을 갖고 있었던 것으로 믿어진 것이다.

한데 신라에는 또 다른 대모신들이 있었다. 선도산 성모의 다른 이름인 '서술(西述) 성모' 말고도 '치술령(鴟述嶺) 신모'와 '운제산(雲帝山) 성모'가 있었다.

그중 치술령 신모는 박제상(朴堤上)의 아내가 사후에 얻은 칭호다. 박제상은 스스로 자청해 일본에 가서 볼모로 잡혀 와 있던 왕자를 구해 신라로 돌아가게 하고, 자신은 일본에서 죽임을 당했다. 남편을 여읜 박제상의 아내는 남편을 사무치게 그리워하다가, 마침내 세 딸을 데리고 치술령에 올라가 일본을 바라보고 통곡하던 끝에 숨졌다. 그 후 그녀는 치술령 신모가 되었다. 사람들은 그 자리에 사당을 짓고 치술령 신모를 모시게 되었다고 전해진다.

또한 신라의 남해왕의 비인 운제(雲帝) 부인은 사후에 운제산 성모로 모셔졌는데, 가뭄에 비를 빌면 금새 비를 내려주었다고 전해진다.

그런가 하면 가락에도 대모신이 있었다. 다름 아닌 정견 모주에게서 신라의 대모신과 비슷한 면모를 찾아볼 수 있는 것이다. 그녀는 가야산(伽倻山)의 산신이자, 하늘의 신과 짝을 지어 금관가야의 수로왕을 낳은 것으로 전해진다. 선도 성모가 신라의 시조를 출산한 국가의 대모신이자 대지 모신이었듯, 정견 모주는 가락에서 그와 같은 추앙을 받고 있었던 것이다.

이처럼 신라와 가락에는 성모, 신모, 모주 등의 이름으로 섬김을 받은 여신들이 있었다. 이들에 관한 이야기에는 다음 같은 세 가지 공통점이 있다.

첫째, 한결같이 어미 모(母)자가 붙여져 있다.
둘째, 성(聖)이나 신(神) 자, 또는 주(主) 자가 붙어 있다.
셋째, 운제산 성모를 제외하고 모두 왕국 시조의 어머니다.
넷째, 산이나 영마루와 관련되어 있다.

이와 같은 네 가지의 특성은 이들 여신이 왕국의 시조모로서 신격화되어 있음을 보여준다. 이들은 왕국의 대모, 곧 어머니의 어머니로서 성스럽게 모셔지면서 산신 또는 지신으로 섬겨졌던 것이다.

또한 이들은 산이나 높은 고개가 여성을 상징하는 것임을 나타낸다. 산세가 매우 험한 한반도의 지형 특색으로 미루어 짐작하건대, 산이나 고개는 대지의 특징적인 전형으로 인식되면서 산신이 곧 대지의 신으로 간주되고 그것이 여성의 몫으로 돌아간 것이다. 그래서 성모, 신모, 모주는 크게는 대지를 낳아 관장하고, 적게는 나라를 낳아서 관장하는 신으로 믿어진 것이다. 지나간 시대에 전통적으로 한국인들은 산과 대지를 어머니로 삼고 그 품에 안겨서 목숨을 부지해온 것이다.

한편 신라와 가락의 왕조 신화의 대모신과 더불어 민속 신앙에도 대모신이 존재했다. 그중 대표적인 것이 '마고(麻姑)할미'다. 지리산 천왕봉을 터전으로 삼은 성모를 마고할미라고도 일컫는 것은 그 좋은 본보기다. 한데 마고할미는 다른 한편으로 거인의 대모신을 대표하기도 한다. 제주의 대모신인 여러 '할망'이 그들 각각의 이름 말고도 더러 '마고할망'이라 불리는 것이 이를 말해준다.

2

제주의 '할망신'들, 제주를 손수 만들다

육지의 대모신과 마찬가지로 제주에는 제주 나름의 대모신들이 섬겨져왔다. 그들을 일러 '할망'이라 했다. 제주 현지에서 할망은 결코 보통의 할머니를 가리키는 말이 결코 아니다. 그것은 짐짓 신격화된 대모신 또는 대지 모신을 뜻하는 귀한 말이다. 즉, 할망은 위대한 '조모신(祖母神)'이요, '할머니 신'이다.

그중에서도 '선문대 할망'은 아주 눈부시다. 예사로 돋보이는 게 아니다. 이 할망은 제주 안에서도 지역에 따라서 불리는 이름이 조금씩 다르다. '설문대 할망', '설명두 할망', '세명뒤 할망' 등등이다. 이는 고장마다 마을마다 이 할망의 전설을 따로따로 전하고 있었다는 것을 의미한다. 또한 그만큼 선문대 할망이 제주 사람들에게 사랑받고 칭송받았다는 것을 뜻하기도 한다.

　여기서 놀라운 사실은 제주에는 마을 신화 또는 고을 신화가 전해지고 있었다는 점이다. 이것은 육지에서는 상상도 못할 일이다. 이 점은 한국 신화를 이야기할 때마다 강조되어야 할 부분이다. 제주는 '신화의 섬'이다.

　제주 신화의 첫 번째 특색은 고을 곧 지역 신화라는 것이다. 두 번째 특색은 역사 이전, 태초에 관한 초역사적 이야기라는 것이다. 제주의 신화는 육지의 신화가 들려주는 왕조의 시작에 관한 것, 그 이상을 전하고 있다. 마지막으로 제주 신화는 그 이야기의 규모가 상상을 초월할 만큼 크다. 무대와 화제가 대규모다. 장쾌한 신화다.

　제주 신화의 이와 같은 세 가지 속성은 무엇보다도 선문대 할망 신화에서 잘 드러난다. 선문대 할망은 제주를 낳은 제주의 큰 어머니다. 그녀는 어마어마한 거인이다. 온 인류의 신화가 그려낸 어떤 거인도 그녀에게 견주면 꼬맹이에 불과할 것이다. 선문대 할망은 우주적 규모의 대거인이고 초거인이다.

　그도 그럴 것이 선문대 할망의 키는 자그마치 2,000미터가 넘어 한라산 높이보다 컸다. 몸통의 부피도 대단했다. 속곳 한 벌 만드는 데 명주 100통, 즉 5,000자가 필요했다고 한다. 똥보도 예사 똥보가 아니다. 한 자를 30센티미터로 잡아도 15만 센티미터, 곧

1,500미터로 달리 계산하면 1.5킬로미터, 10리의 절반에 가까운 셈이다. 덩치가 그러하니 힘도 대단했다고 한다. 전해지는 이야기로 헤아려보면 한라산을 통째로 들었다 놓았다 할 정도인 듯하다.

선문대 할망은 바다 밑에서 흙을 치마에 일곱 번 퍼 날라서 제주 섬을 만들었다고 한다. 제주와 그 주변 섬들을 치마로, 그것도 불과 일곱 번 퍼 담아 만들다니 듣는 사람의 어안이 벙벙해질 수밖에 없다. 또한 흙을 퍼 나를 때 치마에서 흘러넘친 흙이 제주 둘레의 여러 작은 섬이 되었다고도 하고, 치마의 터진 구멍으로 새어나온 흙이 제주의 크고 작은 오름을 빚어냈다고도 한다. 다르게는 선문대 할망이 흙을 퍼 나를 때 신발에 붙어 있던 흙이 떨어져 제주 주변에 작은 섬들이 생겨났다고도 한다. 그러니 치마에 들어가는 흙의 양은 어마어마했을 것이다. 또한 할망의 힘은 오죽했을까! 기중기 수만 대의 힘도 이에 미치지 못할 것이다.

선문대 할망은 한라산 정상을 베개 삼아 베고 누워 잠을 잤다고 하는데, 그 다리가 제주 앞바다의 관탈섬쯤에 뻗어 있었다고 한다. 엉덩이, 허벅지 그리고 종아리가 제주의 절반 이상을 가리고도 남은 것이다. 그러니 이불은 온 하늘을 뒤덮은 구름으로도 넉넉지 않았을 것이다.

이 어마어마한 할망의 빨래하는 정경은 더 엄청나다. 관탈섬에 빨랫감을 펼쳐놓고 한라산을 깔고 앉은 채 손으로 방망이질을 했다고 한다. 또는 한라산을 깔고 앉은 채 관탈섬에 펼쳐놓은 빨랫감을 발로 문질러 빨았다고도 한다. 선문대 할망은 신이므로 이를 두고 허풍이 세도 여간 센 게 아니라고 빈정대서는 안 된다.

선문대 할망은 산모로도 엄청나다. 할망은 아들을 매우 많이 낳았는데 수십도 아닌 무려 500명의 아들을 출산했다고 전해진다. 꼬박 10달마다 아이를 하나씩 낳았다고 치면 500명을 낳는 데 5,000개월이 걸린다. 햇수로 따지면 400년이 넘는 것이다.

한데 놀라움은 여기서 그치지 않는다. 선문대 할망이 한라산에 걸터앉아 소피를 보면 그 오줌 줄기가 홍수가 되어 흘렀다고 한다. 또한 이것이 바다로 흘러넘치면서 성산과 소섬 사이를 거칠게 흐르는 조류가 되었다고도 한다. 이와 같은 소변보는 힘은 선문대 할망의 여성으로서의 생명력이 강인함을 상징한다.

키, 체중, 몸집, 체력 그리고 산모로서의 능력, 소변보는 힘 등등 선문대 할망은 모든 면에서 상상을 초월하는 엄청난 거인이다. 그래서 제주를 창조하는 대지 모신으로 섬김을 받으며, 제주의 인간 생명의 창조주로서 대모신으로도 추앙 받은 것이다. 인간이 어머니에게, 모성에게 부친 꿈이 그녀에게서 위대하게 영글었다.

이렇듯 한국인은 저 먼 상고 시대의 가락 왕국과 신라 왕국 이래로 여러 지역의 민속 신앙을 통해 줄줄이 이어지며 대모신과 대지 모신을 섬겨왔다. 그 수가 하도 많아 일일이 보기를 들기가 어려울 지경이다. 우리에겐 그토록 대지가 신격화된, 신화적인 어머니들이 많이 계셨던 것이다.

한데 그리스 신화에서도 만만치 않게 대지의 여신을 만날 수가 있다. 그리스 신화는 하늘과 땅이 온통 신으로 초만원이다시피 하다. 자연 그 자체는 물론 그 갖가지 현상에서 신들이 이야기되고 있다. 빛과 어둠, 온갖 지형과 지리에 걸쳐, 그리고 사물에 걸쳐 신들이 존재한다. 그중에 대지 그 자체가 신격화된 대지의 여신이 있는 것은 당연하다.

그리스 신화에서 대지의 여신 또는 지모신은 둘이나 된다. 바로 데메테르(Demeter)와 가이아(Gaea)다. 데메테르는 올림포스의 여러 신 가운데서도 각별히 숭상을 받았다. 데메테르는 신들의 제왕인 제우스의 누이이자 곡물의 여신이며 대지의 여신이다. 그뿐만 아니라 다산(多産)의 신이기도 하며, 인류에게 갖가지 농업 기술을 가르쳐준 농사의 신이기도 하다. 여러모로 대지의 여신다운 품성을 갖추고 있었던 셈이다. 그런 탓에 데메테르는 대자연 그 자체로서 숭배를 받았다. 또한 데메테르는 위험이나 난관을 무릅쓰고 모험을 하기도 했다. 딸인 페르세포네(Persephone)가 저승의 신 하데스에게 납치당했을 때, 꼬박 아흐레 동안 물 한 모금조차 마시지 않고 저승 세계를 헤집고 다니기도 했다.

또 다른 대지의 여신 가이아는 무한한 공간인 카오스 다음으로

이 세상에 태어났다고 하는데, 이는 그녀가 창세기에 즈음해서 탄생했다는 것을 의미한다. 즉, 태고의 여신이다. 가이아는 혼자서 우라노스(Ouranos)를 낳은 것 외에 폰토스(Pontus), 오케아노스(Oceanos), 포세이돈(Poseidon) 등등 자그마치 여덟 명의 신들과 짝을 지어 각각 두세 명 혹은 네다섯 명의 아이를 낳았다고 한다. 이는 그녀가 풍족한 대지 그 자체였음을 말해주는 것이다.

이와 같이 한국과 그리스의 대모신이나 대지 모신은 대자연과 대지 그 자체가 갖고 있는 풍요한 생산력과 생명력이 신격화된 존재들이다.

3

물 의 신 , 사 랑 에 서 도 여 성 이 앞 장 서 다

목숨을 누리고 있는 모든 것에게 물은 생명의 원천이다. 동식물을 가릴 것이 없다. 대지마저도 물에 기대어 그 바탕을 지켜낸다. 흐르는 강물 줄기를 따라서 대지는 비로소 그 품을 연다. 물은 생명의 원천이다.

한국 땅의 샘물, 그중 자연적으로 물이 솟아나 고인 샘에는 '물할미'라는 존재가 있어 섬김을 받아왔다. 약수터는 거의 예외 없이 물할미의 샘이었다. 가령 서울 북쪽 인왕산 기슭의 녹번동 약수터에서는 물할미가 근자에 이르기까지 신앙의 대상이었다. 이러한 보기는 극히 일부에 지나지 않는다.

샘물이나 약수터에만 물할미가 있다고 여겨진 게 아니다. 산속에 흐르는 계곡물도 물할미의 것이라고 믿어졌다. 그 예로 서울의 북한산에는 다음과 같은 이야기가 전해진다.

악랄한 왜적들이 임진왜란을 일으키고 한성까지 쳐들어왔다. 그 못된 것들이 서울 장안을 지나서 북한산의 서북쪽 기슭에 있는 마을, 즉 지금의 불광동 근처에 있는 마을에 와서 북한산에 오르려고 했다. 그것을 내려다본 북한산 물할미는 계책을 꾸몄다. 쌀뜨물을 계곡물에 섞어 콸콸 흘려보낸 것이다. 이것을 본 왜적들은 놀랐다. 군사가 웬만큼 많이 진을 치고 있지 않고서는 그 끼니를 짓노라고 쌀뜨물을 저토록 많이 흘려보낼 수 없다고 생각했다. 결국 왜적들은 다리야 날 살려라 하고 달아났다.

물할미가 산과 맺어져 있을 때는 산신인 성모도 겸하게 마련이었는데, 북한산 물할미가 그런 셈이다. 임진왜란이 끝나고 그 고을 사람들이 세웠다는 물할미이자 북한산 성모의 석상은 50여 년 전만 해도 북한산 산기슭의 길머리에 세워져 있었다.

이 북한산 물할미에 견줄 만한 묘한 이야기가 있다. 지리산 꼭대기에 지금도 석상이 모셔져 있는 지리산 성모에 관한 것이다. 이 거룩한 산신은 물의 술법을 써서 스스로 짝을 구했다. 물의 술법이란 다른 게 아니었다. 천왕봉 높디높은 꼭대기에서 물을 흘려보내 훗날 무당들이 섬기는 신이 된 법우 화상, 곧 법우 스님을 남편으로 맞은 것이다.

법우 화상이 어느 맑은 날 지리산 아래 기슭을 거닐고 있는데, 느닷없이 개울물이 엄청 큰 물줄기를 이루며 세차게 흐르기 시작했다. 마치 홍수라도 난 것 같았다. 이상하게 여긴 법우 화상은 계곡을 거슬러 올라갔다. 그리하여 천왕봉 정상에서 여산신을 만나 부부의 연을 맺었다.

여기서 지리산 성모의 물의 술법이란 무엇을 말하는 것일까? 이는 두 가지로 해석이 가능하다. 하나는 신라 시대 김유신의 누이의 꿈에서처럼 세차게 오줌을 누었을 것이라는 해석이다. 그런가 하면 또 다른 하나는 지리산 성모 자신이 물의 신이기도 해서 술법을 써 물살을 크게 일게 만들었을 것이라는 해석이다. 지리산 계곡물 자체가 신모의 물이었던 셈이다.

그건 그렇다 치고 지리산 성모와 법우 화상 사이의 에로스, 곧 사랑과 짝 짓기에서 여성의 몫과 역할은 실로 압도적이다. 선수를 써서 능동적이고 적극적으로 사랑을 이룩해내고 있는 것은 여성 쪽이다. 결코 남성이 아니다. 이는 지리산 성모의 물 기운 탓이라 볼 수 있다. 물은 생명력과 생산성을 상징하기 때문이다.

이와 같은 전설이나 민속 신앙 속에서 개울이나 약수터는 여성의 구역이다. 아예 물 그 자체가 여성을 상징하기도 한다. 물에다 성을 적용하면 순연하게 여성이 된다.

4

우물이라는 여성 상징
: 모태가 되어서 말하는 것

한국의 상고 시대 신화를 비롯해 그 후대의 신화에는 물과 맺어진 여성이 적지 않다. 우물이나 샘에서 태어난 여성이 있는가 하면, 육지 밑 깊은 연못에서 삶을 누린 여성도 있다. 심지어 바다 밑 용궁이 고향인 여성도 있다. 그런 여성에 관한 믿음은 부여와 신라를 거쳐서 고려 시대까지 이어졌다.

그뿐만 아니라 그처럼 여성이 태어난 우물이나 여성과 관련된 우물은 성역이자 거룩한 신앙의 대상으로 남기도 했다. 이때의 물은 여성과 맺어져 신처럼 섬김을 받기도 했던 것이다.

그 예로 혁거세의 비인 알영은 우물에서 태어났다. 그녀는 '우물 아기'이며 '물 아기'다. 신화가 전하는 바에 의하면, 경주시 탑

동의 오릉(五陵) 안에 자리 잡은 알영정(閼英井)에 용이 나타나 한 여자 아기를 출산했다. 아이의 이름은 그녀가 태어난 우물의 이름을 따서 알영이라 했다. 갓 태어난 아이는 그 입이 닭의 부리를 닮아 있었다. 그 부리 모양의 입술을 개울물에 씻어서 떼어내고 개울 이름을 '발천(撥川)'이라고 했다. 발천의 '발(撥)'은 떼어낸다는 뜻이다.

이와 비슷하게 고구려 동명왕의 어머니인 유화는 하백 곧 물의 신의 딸로, 웅심연과 연관되어 있다. 신라의 시조와 부부의 연을 맺은 여성이 우물에서 태어났듯이, 고구려의 시조를 낳은 여성은 깊은 연못에서 자라난 것이다. 즉, 유화는 '연못 여인'이자 '물의 여인'이다. 그런가 하면 고려의 시조 왕건(王建)의 할머니인 용녀 (龍女) 저민의(渚旻義)는 서해의 용궁 출신이다. 즉, 용왕의 맏딸이다. 그녀는 '바다의 여인'이며 '물의 여인'이다.

알영과 유화, 용녀 이 셋은 한국 왕조의 '3대 물의 여성'이라 할 수 있다. 또는 '3대 물의 여신'이라 해도 될 듯하다. 모두 신격화된 인물이기 때문이다.

여기서 우리는 앞에서 본 바와 같이 이 땅에서는 대모신이 한결같이 섬겨졌다는 것을 떠올리게 된다. 또한 이 대모신이 성모, 신모, 모주로 모셔졌으며, 대지의 신으로 추앙 받았다는 것을 상기하게 된다. 즉, 한국의 신화나 민속 신앙에서 물은 대지와 함께 여성을 상징하는 것임을 깨닫는 것이다. 대지가 여성이듯 물 또한 여성이다.

그중에서도 용녀는 별나게 돋보이는 물의 여인이다. 이야기의 규모, 말하자면 서사적인 규모에서 용녀의 전설은 단연 뛰어나다. 알영과 유화의 신화는 서사적 규모에서 도저히 용녀의 그것에 비할 수가 없다. 물의 여인에 관한 서사로서는 용녀 신화가 가장 출중하다.

고려 태조인 왕건의 할아버지, 작제건(作帝建)이 어느 날 서해를 건너 중국으로 향했다. 한참을 항해하여 한바다에 다다랐을 때, 난데없이 태풍이 일어 배가 휘말렸다. 폭풍이 불고 파도는 배를 삼키려 들었다. 뛰어난 궁수(弓手)였던 작제건은 활을 들고 바닷속 바위에 내려섰다. 그러자 물속에서 문득 한 노인이 나타나 자신을 용왕이라고 하며 작제건에게 도움을 청했다. 태풍은 용왕이 작제건과 대면하기 위해서 일으킨 셈이었다.

용왕은 작제건에게 자기를 괴롭히는 괴물, 여우를 처치해달라고 청을 하였고, 이에 응한 작제건은 곧이어 부처의 모습으로 둔갑하여 나타난 여우를 활로 쏘아 죽였다. 용왕은 고마움의 표시로 그의 딸 용녀를 작제건의 아내로 삼게 했다.

작제건과 함께 개성에 당도한 용녀는 집 바깥에 큰 우물을 파고 이를 통로로 삼아서 용궁을 내왕했다. 용궁을 오갈 때마다 용으로 변신하는 용녀는 작제건에게 혹시라도 그 모습을 보지 말아달라고 신신당부했다. 하지만 궁금함을 참지 못한 작제건은 아내인 용녀가 용으로 화신하여 우물 속으로 들어가는 모습을 보고야 말았다. 노한 용녀는 용궁으로 돌아가 다시는 육지로 돌아오지 않았다.

훗날 개성 사람들은 용녀의 우물을 '개성 대정'이라고 부르고 고려의 성역으로 삼았다. 또한 고려 사람들은 광명사 큰 우물과 양릉의 큰 우물과 더불어 개성 대정을 '개성의 3대 신정(神井),' 곧 3대 신의 우물이라고 부르며 모셔 받들었다.

이러한 용녀의 전설에서 신정, 즉 신의 우물은 전형적인 여성 상징이다. 우물은 여성의 몸 중 가장 여성다운 국소(局所)를 의미하며, 우물에 넘치는 물은 여성의 육신에서만 나오는 체액을 나타낸다. 단군 신화에서 단군의 어머니 웅녀는 갓 성인이 된 여성으로서 굴 안에 들어가 쑥과 마늘을 먹으며 100일을 보냈는데, 여기서 굴도 우물과 마찬가지로 해석할 수 있다. 이와 비교될 만한 보기는 일본 신화에서도 찾을 수 있다.

훗날 일본 황실의 직계 조상(초대 천황의 조모)이 되는 '아마테라스 오미카미(天照大神)'라는 여신은 '아마노이와토(天の岩戸)'라는 동굴에서 은신했다. 또한 일본 신화에서는 적잖은 신들이 물이 흘러내리는 바위 동굴에서 태어나고 있다. 이와 같은 굴은 모두 고

려의 신정과 상징하는 바가 같다고 볼 수 있다.

앞서 살펴본 고려 시대의 신화에서 용은 바다의 정기(精氣)이자 물의 정기다. 알영의 탄생 신화에 등장하는 용도 마찬가지다. 또한 바다는 궁극적으로 어머니, 모성의 상징이 된다. 고려 태조의 할머니인 용녀는 이름 그대로 '용의 여인'이다. 바다의 정기, 물의 정기가 곧 용녀다. 따라서 알영과 유화, 용녀를 한국 신화 속 3대 물의 여신이라 할 수 있다.

이들 신화 속에 등장하는 우물과 연못은 그 모양새만으로도 능히 여성을 상징한다. 여성이라 갖추고 있는 몸의 일부, 그 은밀한 국소를 상징하는 것이다. 여성은 자신의 몸에 우물과 연못을 지니고 있다. 한편 바다는 거대한 연못이 되고 샘물이 되어서 여성과 맺어진다. 바다는 물의 물, 모든 물의 여왕, 이를테면 가장 위대한 물로서 장쾌하게 여성 상징을 겸한다.

바다가 여신의 모태로 등장하는 신화는 한국에만 있는 것이 아니다. 그리스 신화에서 미의 여신이자 사랑의 여신인 아프로디테(Aphrodite)는 바다에서 태어난다. 그것도 바다의 물거품을 모태 삼아 태어난다. 바다의 정기를 받은 바다신이 곧 아프로디테인 셈이다.

또한 이 바다의 여신은 달의 여신을 겸하고 있다. 보름날 밤에 달빛을 받은 바다는 아름다움의 극치다. 신비가 서린 그 화사한 고요와 침묵은 아프로디테의 마음이다. 달빛의 아름다움과 바다의 아름다움이 어울린 미녀가 곧 아프로디테다. 그녀는 별자리가 되어서 밤하늘을 수놓기도 한다. 어느 날 신들은 올림포스 산에 모여 잔치를 베푼다. 한데 난데없이 괴물 티폰(Typhon)의 습격을 당한다. 키가 하늘에 닿는 티폰은 머리가 백 개나 달려 있고 입마다 불을 뿜어대는 괴물이다. 놀란 신들은 몸을 피한다. 아프로디테는 아들을 데리고 물고기로 변신해 달아난다. 그 덕에 무사히 목숨을 구하는데 이 둘은 훗날 V자 모양의 별자리, 곧 물고기자리가 된다. V자는 서로 발을 묶은 아프로디테와 그 아들의 모양을 본뜬 것이라고 신화는 전해주고 있다.

5

여성의 선류몽
: 오줌 누는 꿈, 세상은 내 것이다

앞에서 용녀의 신화와 더불어 개성의 '3대 신정'이 물에 바친 민속 신앙의 기틀임을 살펴보았다. 민간에서 널리 섬김을 받은 약수(藥水)와 정화수(井華水)도 이와 무관하지 않다.

한 시대 전, 우리의 어머니들은 새벽에 맑은 우물물을 길러서 천지의 신령께 바치며 그 물을 정화수, 곧 '우물의 꽃물'이라 했다. 신라와 고구려에서 비롯되어 고려까지 이어진 '물 신앙'은 이처럼 근세의 여인들에게까지 이어진 것이다. 여성이 있는 곳에 물이 있고, 물이 있는 곳에 여성이 있었다. 그렇게 물 신앙이 지켜지고 물의 전설, 물의 신화가 전해졌다.

그 여세는 이른바 '선류몽(旋流夢)', 즉 '오줌 누는 꿈'으로 이어졌다. 얼핏 생각하기로는 뭔가 좀 야릇하다. 명색이 신화나 전설인데 오줌 누는 꿈을, 그것도 공주에 견줄 귀하고 높은 신분의 젊고 아리따운 여성의 오줌 누는 꿈을 이야기하다니 희한하다. 일상 대화에서도 젊은 여성이 소피보는 이야기는 피하기 마련인데 말이다.

하지만 옛 문헌에는 버젓이 선류몽이 전해지고 있다. 더욱이 여성의 선류몽 이야기가 세 편이나 된다. 그중에서도 가장 오래된 것은 김유신의 누이들이 주인공인 이야기다.

김유신의 큰누이, 보희가 밤에 꿈을 꾸었다. 경주의 서악(西岳)산에 올라 오줌을 누는데, 그 오줌 줄기가 큰 강물처럼 쏟아져 내리는 게 아닌가! 그래서 온 경성, 곧 경주가 물바다도 아닌 오줌바다가 되어버렸다. 잠에서 깬 보희는 하도 이상해서 동생 문희에게 꿈 이야기를 했다. 그러자 해몽을 어떻게 했던지 문희는 언니의 오줌 꿈을 사겠다고 했다.

"무엇으로 살 텐데?"

언니의 물음에 동생은 거침없이 비단 치마 한 벌을 꿈 값으로 물겠다고 했다. 언니가 좋다고 하자 동생은 치마폭에 그 꿈을 담으라고 했다.

"그래 내 꿈 사 가라!"

언니는 동생 치마에 꿈을 부려놓았다.

이같이 꿈을 사들인 문희는 그것이 계기가 되어서 뒤에 김춘추(金春秋)의 아내가 되고 훗날 왕비가 되었다며 이야기가 마무리된다.

한데 인물만 다를 뿐 같은 내용의 이야기가 또 있다. 고려 태조의 중조모인 진의(辰義)라는 여인과 그 언니 이야기다. 또한 고려 제5대 왕 경종(景宗)의 비가 된 황보씨(皇甫氏)의 경우도 다를 바 없다. 이와 같은 선류몽의 해석은 그다지 쉽지 않다. 해석을 위해 세 이야기의 공통점을 짚어보면 대략 다음과 같다.

첫째, 선류몽을 꾸는 주인공은 결혼 직전이거나 결혼할 나이의 젊은 여성이다. 둘째, 꿈을 사는 사람도 앞의 여성과 처지가 같다. 셋째, 언덕이나 고개, 산봉우리 등 높은 곳에서 오줌을 눈다. 넷째, 꿈에서 온 천지가 오줌에 잠긴다. 다섯째, 꿈을 꾸거나 산 사람은 왕비가 된다.

이 다섯 가지 공통점으로 보아 천하를 잠기게 하는 오줌 꿈은 여성이 좋은 신랑을 맞이해 신분이 급상승하게 되는 꿈이라 풀이할 수 있다. 여기서 궁금한 점이 생긴다. 왜 하필 결혼 적령기에

이 같은 오줌 누는 꿈을 꾸는 것일까?

소녀, 소년 들은 거의 예외 없이 밤에 오줌 누는 꿈을 꾼다. 그러다가 더러는 잠든 채 오줌을 싸기도 한다. 이것은 소녀, 소년이 한창 자라나 성숙기를 맞이하고 있다는 증표 중 하나다. 즉, 이 나이 무렵에 꾸는 오줌 누는 꿈은 바야흐로 눈뜨기 시작할 '성(性)'의 징후인 것이다. 성의 발산(發散)이 오줌을 누는 것으로 표현된 셈이다. 그런 꿈을 꿀 즈음의 소녀, 소년은 계집이 되고 사내가 되는 문턱에 올라선 것이다. 이때의 사내아이는 몽정(夢精)이라고 해서 잠결에 사정(射精)을 하기도 한다. 정액을 내쏘는 것이다.

그런데 선류몽에서 오줌을 높디높은 곳에서 누는 것은 무엇을 의미하는 것일까? 그것은 자신을 높은 지위에 올려놓고자 하는 욕망의 표시다. 이를테면 권력 의지나 우월감을 채우고 싶어서 산꼭대기를 골라서 자리 잡는 것이다. 이럴 때 권력 의지란 말은 구태여 정치권력이나 공권력에 국한시킬 게 못 된다. 그저 뭐든 우쭐대고 잘난 척하고 싶은 욕망이라고 해야 할 것이다. 이것은 청소년기에 누구나 가지는 욕망이다.

의문이 드는 것은 또 있다. 꿈속에서 천하가 오줌에 묻히고 마는 것은 무엇을 뜻하는 것일까? 이것은 권력 의지와 무관하지 않다. 온 세상을 내려다보고 그것을 통째로 억누르고 지배하고자 하는 욕망이 그런 꿈을 꾸게 하는 것이다. '이제 온 세상은 통째로 내 거야!' 그렇게 소리 없이 외치고 있는 셈이다. 여기에는 지배욕, 이를테면 남들을 제 마음대로 다스리고 싶은 욕망이 활기차게 꿈틀대고 있는 것이다. 이럴 때 꿈꾸는 사람이 여성이라면 스스로 온 세계를 품어 안는 위대한 어머니, 즉 대모신으로 올라앉고 싶은 욕망이 서려 있다고도 볼 수 있다.

한데 오줌도 필경 물이다. 신화에서 물의 성을 따지면 아무래도 여성이다. 신화에서는 물이 곧 여성이고, 여성이 곧 물이다. 그런 까닭에 신라의 보희나 고려의 진희 언니가 시원스러운 물의 꿈, 오줌 꿈을 꾸는 것이다.

'오줌발'이란 말이 있다. 오줌 줄기의 세차거나 약한 정도를 이야기할 때 쓰는 말로, '오줌발이 세다' 또는 '오줌발이 약하다'라고 표현한다. 오줌발은 결국 건강과 정력의 상징이다. 선류몽의 신화는 다름 아닌 그 세찬 오줌발의 신화이기도 한 셈이다.

한국에서 전해지는 선류몽의 신화는 모두 네 편으로, 그중 세 편이 여성이 주인공이다. 이는 오줌발의 세기로는 남자가 여자를 못 따른다는 것을 의미하는 것이라 할 수 있다. 선류몽의 꿈은 '여강남약(女强男弱)', 즉 여자는 강하고 남자는 약하다는 점을 말해주는 것이다. 그렇다. 선류몽은 위대한 페미니즘의 꿈이다. 그 꿈은 남녀동권(男女同權)을 우습게 여길 것이다. 선류몽에서는 '여상남하(女上男下)', 곧 여성이 위고 남성이 아래이기 때문이다.

6

어머니와 아들만 신이 되다

압록강의 하백, 곧 수신(水神)의 딸인 유화와 그 아들 주몽의 사이에는 남다른 모자 관계가 있었다. 부여에서 자란 주몽은 왕자들의 미움을 사서 위기를 맞는다. 그래서 남쪽으로 멀리 망명을 가고자 하는 주몽에게 어머니는 비장하게 일러준다.

네가 이곳을 떠나가고자 하는 바는 이 어미도 잘 알고 있다. 그래서 밤낮으로 무척 마음도 썼다. 내가 듣건대 남자가 큰 뜻을 품고 먼 길을 가고자 하면, 반드시 뛰어난 말이 있어야 한다고 했다. 내가 너를 위해 준마를 골라주마.

유화는 말 목장으로 가서 긴 채찍으로 말들을 갈겨댔다. 모든 말이 기겁을 하고 놀라 달아나는데 그 가운데 붉은 털로 영롱하게 빛나는 말 한 마리가 두 길, 즉 어른 키의 갑절이 되는 울타리를 훌쩍 넘어서 뛰었다. 유화는 이렇게 해서 아들을 위한 준마를 손수 골랐다.

이것은 예사롭지 않다. 여성이, 그것도 수신의 딸이자 천제의 며느리인 귀한 여성이 스스로 나서서 말을 골랐다는 것은 보통일이 아니다. 신분으로도 성별로도 마땅치 않는 일로 보이기 마련이다.

일본의 저명한 고고학자 에가미 나미오(江上波夫)는 고구려를 가리켜 '기마민족국가(騎馬民族國家)'라고 했다. 말 타고 활 쏘고 창을 놀리는 무사들의 나라가 고구려라는 것이다. 그로써 고구려는 압록강과 두만강 일대, 그리고 만주 땅을 영토로 가진 강대한 국가가 된 것이라고 추정되기도 한다. 그런 나라이다 보니 고구려에서는 여성이 말을 기르는 역할을 했을 것이라는 짐작이 가기도 한다. 따라서 신분과 지체가 높은 유화 또한 말 목장을 관리해서 좋은 말을 기르는 일을 맡았을 것이라는 추정도 가능하다. 유화가 기마민족국가의 주역 중 한 사람이었을 것이라는 생각도 할 수 있다. 그런 유화가 골라준 말로 아들인 주몽은 망명에 성공해 고구려라는 새 나라를 세울 수 있었던 것이다. 스스로 왕위에 오른 것이다.

이 대목에서 한 가지 어려운 문제에 부딪치게 된다. 앞의 이야기는 모두 이규보(李奎報)의 『동국이상국집(東國李相國集)』의 「동명왕편」에 바탕을 둔 것인데, 말을 고르고 기르는 대목에서 뜻이 애매한 부분이 있다.

문제의 대목은 두 가지로 풀이된다. 하나는 유화가 말을 고르고 난 다음 그 말을 기르는 역할까지 맡았다는 것이고, 다른 하나는 말을 고른 것은 유화이지만 기른 것은 아들 주몽이었다는 것이다.

부여 금와왕의 목장에서 선택된 명마의 혀에 침을 꽂고 먹이를 못 먹게 하여 야위게 만들고, 이에 왕이 포기한 것을 거두어 잘 먹여 기르는 전 과정에서 유화가 일관되게 주동적인 역할을 했다는 것이 「동명왕편」의 본문 내용이다. 그런데 작은 글자로 쓰인 주석을 보면 말을 고른 것은 어머니 유화이고, 침을 꽂아 여위게 한 후 다시 잘 키웠다는 것은 아들 주몽이라 되어 있다.

하지만 어느 쪽으로 읽든 간에 기마민족국가답게 여성이 명마를 고르는 데 직접 참여했다는 것은 부인할 수 없다. 그런 어머니가 있었기 때문에 아들이 뛰어난 기사(騎士)일 수 있었던 것이다. 아들이 고구려의 시조로서 숭앙 받아 마땅하듯이, 그 아들이 고구려의 시조가 될 단서를 준 어머니 또한 기림을 받아 마땅했던 것이다. 이런 점은 『삼국사기』에 드러나 있다.

고구려에는 신묘(神廟)가 둘이 있는데 하나는 부여신(扶餘神)이라 하여 나무에 모양을 새겨 부인의 상을 만들었고, 또 하나는 고등신(高登神)이라 하여 이를 시조신이라 하고 부여신의 아들이라고도 했다. 모두 관서(官署)를 설치하고 사람을 보내어 지키게 하니 대개 하백의 딸과 주몽이라고 했다.

이처럼 고구려에서는 국가가 직접 관리하는 신당에 시조의 어머니와 그 아들인 시조를 나란히 모시고 있었다. 요컨대 모자신(母子神)이 숭앙되고 있었던 것이다. 국가가 섬기는 신의 자리에 아버지는 빠지고 없다.

이것은 어쩌면 가부장제 사회 또는 남권 사회의 원리에 어긋나 보일 수 있다. 전형적인 가부장제 사회로 간주할 수 있는 고구려에서 시조들의 모자신은 두드러진다. 적어도 국가의 시조 숭배에서 고구려는 페미니즘을 견지하고 있었다고 할 수 있다.

제 9 장

여성이기에 겪는 일들

여성은 태초부티

이미 여성.

어머니는 숭앙받았지만,

여인은 성차별의 대상이기도 했으니.

1

월경의 저주는 신화로부터

월경(月經) 곧 달거리, 달리 이르길 '몸엣것'이라고도 하는 이 생리 현상이 신화시대에 이미 특별한 관리 대상이었다고 하면 오늘날 아무도 믿으려 들 것 같지 않다. 극히 최근까지만 해도 이 땅에서 '달의 것'이라고 한 달거리는 부정(不淨), 곧 더러운 것으로 간주되었다. 그런데 이 관념의 기원은 놀랍게도 태곳적으로 거슬러 올라가고 있다.

근세의 낡아빠진 관념의 기원을 신화시대, 그것도 고조선까지 거슬러 올라 구할 수 있다면 끔찍한 역사의 지속성이라고 해야 할까? 구체적으로 그런 관념을 명시한 기록은 없지만, 앞뒤 문맥으로 보아 그러리라고 추정되는 대목은 없지 않다. 다름 아닌 단군 신화에서 나타난다.

단군은 한국에서 가장 오래된 왕조의 왕이다. 그는 곰이 여성으로 화신한 어머니에게서 태어난다. 그 대목은 널리 알려져 있지만 그 속내를 캐기 위해 『삼국유사』를 통해 다시금 살펴보도록 하자.

곰 한 마리와 호랑이 한 마리가 같은 굴에서 살고 있었다. 그들은 항상 하늘에서 내린 신인 환웅에게 빌기를 "바라옵건대 사람으로 변하기 원한다"고 했다. 이때 환웅은 신령스러운 쑥 한 줌과 마늘 스무 알을 주면서, "이것을 먹고 백 날 동안 햇빛을 보지 않으면 곧 사람의 몸을 얻을 것이다"라고 했다.

곰과 호랑이가 이를 먹었는데, 삼칠일을 삼간 곰은 여인의 몸을 얻었으나 호랑이는 삼가지 못해서 사람의 몸을 얻지 못했다. 곰에서 여인이 된 웅녀는 짝을 얻어서 결혼할 수가 없었다. 그래서 매양 신단수에 나아가서 아기 갖기를 빌었다. 그러자 환웅이 사람으로 변신해서 웅녀와 결혼하였다. 그 후 웅녀가 아기를 낳으니 단군왕검이라고 했다.

이와 같은 기록에서 문제가 되는 것은 곰이 쑥과 마늘을 먹고 굴속에서 삼칠일, 곧 스무하루 동안 햇빛을 보지 않고 있다가 여자로 변신해 이내 짝을 얻어서 아기를 갖게 되었다는 대목이다.

이 대목을 좀 더 풀어서 읽으면 어떻게 될까? 말하자면 한 처녀가 쑥과 마늘을 먹으면서 바깥나들이를 삼가기를 일정 기간 동안 한 후, 그것이 단서가 되어 신부로서 혼사를 치르게 된 것이라고 읽으면 나름대로 그럴싸한 해석이 된다.

이러한 해석에는 쑥과 마늘이 단초를 제공한다. 쑥과 마늘은 이 이야기에서 어떤 역학을 하고 있을까? 쑥은 쓰고 마늘은 맵다. 그 것을 자그마치 스무하루 동안 장복하는 것은 예삿일이 아니다. 여 기에는 특별한 의미가 있을 것이다. 웅녀는 쑥과 마늘을 장기간 먹으면서 굴속에서 햇빛을 보지 말아야 했다. 요컨대 쑥과 마늘을 먹는 일과 햇빛을 보지 않는 일은 서로 어울려 있다. 이 두 가지는 서로 역할을 주고받고 있다.

첫째, 햇빛을 쐬지 않고 굴속에 은신하는 것은 바깥 세계와 접 촉하지 않음을 의미한다. 또한 몸을 삼가는 것을 뜻하기도 한다. 몸과 마음을 정갈하게 간수하는 것이다.

둘째, 쑥과 마늘에서 먹을거리의 역할을 살필 수 있다. 그 역할 이란 '정화(淨化) 작용'일 것이라는 추정이 가능하다. 몸과 마음을 맑히고 깨끗하게 지켜내는 것이다. 지난 시절에 소위 염병(染病), 곧 전염병이 나돌면 사람들은 마을 어귀에서 쑥을 태웠다. 쑥은 병이나 액을 물리친다고 믿어졌던 것이다. 그러니 쑥에 마늘의 독 한 기운이 가세하면 정화 작용은 곱으로 늘어날 것이다.

한데 웅녀는 왜 이 같은 정화를 해야 했을까? 그것은 웅녀가 결혼할 나이의 처녀라는 데에서 문제 풀이의 실마리를 얻을 수 있다. 여성이 비교적 어린 나이에 혼례를 하는 조혼(早婚)이 고조선의 혼사 문화였다면, 초경은 시집을 갈 바탕이 마련된 것으로 여겨졌을 것이다.

그렇다면 웅녀가 햇빛을 쐬지 않고 굴속에서 시간을 보내며 쑥과 마늘만을 먹은 것은, 초경 후 몸을 맑히기 위해서라고 추정할 수 있다. 앞에서 말한 대로 여성의 월경이 극히 근자까지도 부정하고 불결한 것으로 간주된 것을 고려한다면 이런 추정은 상당히 그럴싸한 것이 될 수 있다. 웅녀는 쑥과 마늘에 힘입어서 몸을 맑히고 삼가서 성년이 되고 신부가 될 자격을 갖추었던 것이다.

백일과 삼칠일의 그 오랜 유래

앞서 우리는 웅녀가 결혼하기 직전의 나이 어린 처녀로서, 초경을 겪고 쑥과 마늘의 기운에 의지해 몸을 맑힌 것이라 보았다. 월경을 부정하게 받아들인 과거의 관습이 신화시대에 이미 비롯되었다는 추측을 통해, 신화가 시대를 넘어 살아남는다는 명제를 새삼 확인했다. 그런데 웅녀의 신화에는 이것 말고도 또 다른 초시대적인 면모가 깃들어 있다. 웅녀가 굴속에서 백일 또는 삼칠일을 겪어냈다는 점이다.

환웅은 웅녀에게 굴속에서 햇빛을 쐬지 않고 '백 날' 동안 있으라고 말했다. 그런데 웅녀가 그렇게 몸을 삼간 기간은 삼칠일, 즉 세이레(스무하루)다. 신의 분부와 웅녀의 실천 사이에는 백일과 삼칠일의 차이가 있는 셈이다.

오늘날에도 비교적 널리 지켜지고 있는 민속 행사에 삼칠일과 백일이 있다. 과거에는 아이가 태어나면 일주일마다 고사를 치르고 빌기를 되풀이했다. 그 첫 번째가 첫이레, 두 번째가 두이레, 그리고 마지막이 세이레였다. 세이레가 지나야 비로소 산모가 거처하는 방문에 걸어둔 금줄을 떼어낼 수 있었다. 산모나 젖먹이가 더는 부정을 타지 않고 탈 없이 지낼 것이라 믿어진 것이다. 인줄이라고도 한 금줄은 이른바 액막이의 줄이었다.

이렇듯 아기가 태어난 다음 이레마다 세 번에 걸쳐 아기를 위한 통과의례가 치러졌는데, 그게 바로 세이레다. 사람이 한평생 치르는 갖가지 통과의례 가운데 최초의 것이다. 아기를 갖게 해주는 신이라고 믿어진 삼신 또는 삼신령에게 치성을 드리고 아기가 건강하게 자라게 되기를 비는 고사가 다름 아닌 세이레다. 그다음이 백일이다. 백일 떡을 해서 역시 고사를 올린다. 이것이 아기를 위한 또 다른 통과의례다. 이 경우 통과의례란 것은 삶의 중요한 고비를 잘 넘기기 위한 의례(儀禮)고 의식(儀式)이다. 생일잔치, 성년식, 결혼식도 그러한 예다.

그러한 민속의 삼칠일과 백일을 단군 신화에서 볼 수 있다. 웅녀는 삼칠일과 백일을 지켜 성년이 되고 나아가 혼사를 치를 채비를 한다. 이것은 웅녀의 통과의례다.

이렇게 볼 때 절로 다음과 같은 결론을 이끌어낼 수 있다. 오늘날에도 지켜지고 있는 아기의 통과의례인 삼칠일과 백일이 단군 신화의 웅녀에게는 성년이 되는 절차였다. 삼칠일이나 백일은 반만년 넘게 이어져온 것이다

여기서 삼칠일, 즉 세이레에서 셋이나 이레, 곧 3과 7은 다른 숫자와 구별된다. 세계 여러 곳에서 그렇듯 한국에서도 우수(偶數), 곧 짝수는 속된 숫자이고 기수(奇數), 곧 홀수는 거룩하고 길한 숫자로 간주되었다.

그런 홀수 중에서도 1과 3, 7은 유별나게 좋은 숫자로 여겨져 왔는데, 이것은 한국의 민속에서만 그런 것은 아니다. 온 세계에서 예외 없이 통용되고 있다. 이른바 '럭키 세븐'만 생각해보아도 알 수 있다. 또한 가위바위보를 할 때 '삼세번'이라 우기는 것을 연상해도 좋다. 더구나 백일의 백(百)은 순우리말로 '온'이다. '온'은 온갖 것의 '온'이고 온천지의 '온'이기도 하다. 즉, 충만함을 의미하는 수이다. 이와 같은 3과 7, 100에 부치는 관념으로도 단군 신화는 오늘날 여전히 살아 있다.

3
할례
: 하필 은근한 그곳을 잘라내다니

앞서 본 바대로 여성은 그 '몸엣것'으로 인해 신화시대부터 이미 차별을 받아왔다. 못된 사내들의 편견과 미욱한 미신은 그토록 지겹고도 끈질긴 것이었다. 그래서 이 땅의 신화는 일부에서 유감스럽게도 남권 사회의 잘못된 사고방식에 젖어 있는 것이다. 한데 여성은 신체의 일부를 통해서도 부당한 처분을 당했다. 이 또한 신화를 통해 확인할 수 있다.

전통 사회에서는 어느 민족이나 종족 할 것 없이 소년 소녀 모두 성년식을 치렀다. 한국에서는 조선 시대에 15세 전후의 사내아이의 성혼식을 관례라 했고, 여자아이의 것은 계례라 했다. 관례에서 사내아이는 상투를 틀고 관을 썼으며, 계례에서 여자아이는 머리에 쪽을 찌고 비녀를 꽂았다.

그리고 어리거나 성숙기에 접어든 사내아이와 여자아이에게 가하는 '할례(割禮)'라는 것이 있었다. 할례는 문자 그대로 생체의 일부를 잘라내거나 도려내는 것을 의미한다. 사내아이의 경우는 이를테면 '포경 수술'이다. 사내아이의 성기 머리 부분, 요컨대 귀두(龜頭)를 덮고 있는 꺼풀을 벗겨내는 것이다.

여자아이의 경우에는 음순(陰脣, Labia) 또는 음핵(陰核, Clitoris)을 잘라내게 된다. 성기의 일부를 잘라낸다고 하면 남녀 별반 차이가 없을 것 같지만, 사실은 그렇지 않다. 엄청난 차이가 있다.

사내아이의 경우에는 필요 없는 여분의 것을 잘라내는 것이지만, 여자아이의 경우에는 필수적인 것을 잘라서 없애버리는 것이기 때문이다. 사내아이는 포경 수술의 결과 성기가 더욱 사내다워지고 더불어 성감(性感)도 더 누리게 되어 있다. 하지만 여자아이의 경우는 그 반대다. 여성다움이 떨어져 나가고 성감도 박탈당하기 때문이다. 결과적으로 여성 성기는 아기를 낳는 도구로만 그 구실을 다하게 된다.

한국 신화는 여성 할례에 대해서 두 대목에 걸쳐 은근히 시사하고 있다.

이제 천자(天子)가 하늘에서 내렸으니 마땅히 덕을 갖춘 귀한 여성을 구하여 배필이 되게 하여야 할 것이라고 사람들이 다투어 말했다. 한데 바로 이날 사량리의 알영 우물가에 계룡(鷄龍)이 나타나서 그 왼쪽 겨드랑으로 여자아이를 낳았다. 모습이 매우 아름다웠다. 그러나 입술이 닭의 부리를 닮았다. 월성의 북천에서 멱을 감겨 그 부리를 발락(撥落)해서 떨어지게 하였다. 이로 인해 그 시내를 발천(撥川)이라고 했다.

이 『삼국유사』의 기록에서 여자아이의 입술이 닭 부리를 닮았다는 것도 문제지만, 그것을 떨어지게 했다는 것은 더 문제다. 기록에는 알영의 입술이 닭 부리를 닮았다고 적고 있다. 그렇다면 닭 부리를 잘랐다는 것은 아예 입술 자체를 떼버린 게 될 것이다.

입술이 없는 입은 상상하기 어렵다. 그래서 『삼국유사』에 기록된 순(脣)을 입술, 곧 구순(口脣) 아닌 음순으로 보는 것이다. 실제로 인류는 여성의 구순, 곧 입술은 '윗입술'이라 부르고, 음순은 '아랫입술'이라고 불러왔다. 이런 추정 끝에 알영의 구순 자르기는 음순 자르기라고 해석하는 것이다. 이 점은 부여 신화의 유화에게서도 지적될 수 있다.

유화는 압록강 수신의 딸이었다. 압록강 가의 웅심연에서 물놀이를 하고 있던 그녀는 해모수로부터, 요즘 식으로 말하자면 성희롱을 당한다. 그것도 예사 희롱이 아니다. 유화는 강제로 해모수의 여인이 되고 만다. 성폭력을 당한 것이나 다를 바 없는데도 유화는 필경 해모수의 신부가 되고 만 것이다.

그런데 신부의 아버지인 하백, 곧 물의 신은 크게 노해서 마침 친정에 다니러 온 딸의 입술을 석 자나 늘어뜨린다. 그 입술을 신화에서는 순문(脣吻)이라고 표현하고 있다. 그녀는 강물 속에 버려지는데, 마침 어부의 그물에 걸려서 뭍으로 올라오게 된다. 어부의 보고를 받은 금와왕은 그녀의 모습이며 생김새가 예사롭지 않음을 보고 그 석 자나 늘어진 입술을 잘라준다.

공교롭게도 신화 속 알영이나 유화 모두 한결같이 순문(脣吻) 또는 순(脣)이라고 기록되어 있는 입술을 잘리고 있다. 그래서 유화도 알영의 경우와 마찬가지로 그 잘린 입술을 구순이 아닌 음순으로 읽고자 하는 것이다. 그렇다면 한국 신화에서 왕비가 되는 두 여성은 음순이 잘려진 셈이 된다. 즉, 유화와 알영 모두 아랫입술이 잘리는 할례를 당한 것이다. 신화는 이미 상고 시대에 이처럼 혹독한 여성 차별을 저지르고 있다.

제10장

그림 속 신화

신화는 인간의 말과 더불어서

비롯한 것.

그래서 신화는 곧 말인 것.

하지만 인간은 태초에 이미

그림으로도 신화를 새겼으니

쇠붙이에도 바위에도.

1

대지라는 여성에게 정액 쏟듯이 씨 뿌리는 사내

알몸의 사내가 대지와 성행위를 한다면 누가 믿을까? 하긴 한국을 비롯한 인류의 하고많은 신화는 대지를 여성으로 간주하고 있으니 그 신화를 바탕으로 남성, 더구나 선택 받은 남성이 대지와 성행위를 하는 것은 자연스러운 일일지도 모른다. 그 정경이야말로 신화다움을 갖추게 될 것이다.

한국에는 청동기 시대의 것으로 그러한 정경이 생생하게 아로새겨진 신화적인 유물이 남겨져 있다. 일종의 성행위 그림이라고 해도 지나치지 않는다. 하지만 음란하다거나 외설스럽다고 치부해서는 안 된다. 그것은 신화적인 주제를 담고 있는 당당한 유물이다.

유감스럽게도 이 유물은 단지 하나만이 우연하게 세상에 알려졌다. 누군가가 땅속에서 파내 가지고 있던 것이 뒤늦게 세상에 공개되었기에 발굴 현장 또는 비슷한 유적에 관한 정보조차 전해진 것이 없다. 유물의 내력은 물론 그와 관계된 정보 또한 알 수가 없다.

청동으로 만들어진 이 유물은 기원전 1500년에서 2000년 사이에 만들어진 귀물이다. 모양은 펴놓은 부채를 닮았다. 그 표면에 그림이 선각(線刻)으로 아로새겨져 있다. 알몸의 사내가 비스듬히 웅크리고서는 따비를 들고 밭을 갈고 있는 모양이다. 그의 알몸은 성기마저 노출시키고 있다. 영락없는 누드화다. 한국 미술사 최초의 나체화, 그중 남성의 나체화가 될 것이다.

이 그림은 얼핏 봐서는 웬 사내가 흉측하게 알몸으로 밭을 갈고 있는 모습에 지나지 않는 것으로 비칠 수도 있다. 그래서 단순한 나경(裸耕)의 그림, 즉 나체로 경작하는 그림 정도로 보아 넘길 수 있다. 한데 인류학적으로 나경은 그렇게 단순한 게 아니다. 그것은 일종의 '농경의례' 또는 '농경의식'이다. 신령에게 고사를 지내는 종교적인 의미가 깃들어 있는 밭갈이다.

한국에서도 나경의 예가 보고된 바 있다. 조선 시대에 한반도의 북쪽에 살고 있던 사람들이 나경, 곧 알몸갈이를 했다고 전해진다. 이 역시 단순하게 보아 넘길 수는 없다.

나경은 이른 봄, 보통 사람들의 농사짓기가 시작되기 전에 했다고 한다. 즉, 겨울을 보내고 봄을 맞으며 본격적으로 농사를 짓기 전에 미리 별러서 알몸갈이를 한 것이다. 그것은 봄 농사의 시작을 알리는 데 그치는 게 아니었다. 농사의 시작을 알리는 동시에 농사의 풍요를 비는 종교적인 의미의 행사였던 것이다.

나경이 그려진 청동기 유물을 보면 사내의 머리에 긴 깃털이 나부끼고 있는 게 눈에 든다. 그것은 단순한 머리 장식품이 아니라 고사를 치르고 굿을 올리는 사람으로서 갖춘 장비로 보아야 할 것이다. 나경이라는 종교적 행사의 의미를 강조하는 장식품이다.

실제로 행해진 나경의 의미와 역할을 이같이 여기며 청동기에 새겨진 알몸갈이 그림의 기능과 의미를 다시 보자. 이때 사내가 성기를 노출한 상태에 주목하게 된다. 그리고 그것이 사내가 잡고 있는 따비라는 농기구와 나란히 아래를 향해서 뻗어 있다는 것에 눈길이 가게 된다. 따비는 청동기 시대의 유물로 근자에는 잘 쓰이지 않는데, 그 모양이 창을 닮았다. 땅을 후벼 팔 수 있도록 날카롭고 뾰족하게 생긴 쇠붙이가 긴 자루 끝에 붙어 있기 때문이다.

결국 사내의 노출된 성기와 따비는 서로 닮은꼴이다. 그것은 따비가 밭에서 하는 작용이나 역할을 사내의 성기도 나누어 가지고 있다는 것을 암시한다. 따비가 밭갈이를 하듯이 사내의 성기 또한 일종의 밭갈이를 하고 있는 것이다.

앞에서 말한 대로 나경은 단순한 농사짓기가 아니다. 종교적인 역할, 즉 고사를 겸하고 있다. 여기서 고사라는 것은 무당이 신령에게 바치는 그 고사와 같은 뜻이다. 따라서 나경은 주술(呪術)이다. 신화가 어린 주술이다.

주술이기에 땅에 박히는 따비를 따라서 사내의 양물(陽物)이 땅에 영향을 끼치게 된다. 대지에 힘을 끼치게 된다. 즉, 여성으로 간주된 대지, 혹은 대지의 여신인 대지 모신에게 사내의 성기가 영향을 끼치는 것이다. 그래서 대낮에 사내는 부끄럼 없이, 당당히 알몸으로 머리 깃털 장식을 뽐내면서 유사 성행위로 밭갈이를 해 보이고 있다. 그도 그럴 것이 나경은 대지 모신, 곧 대지의 여신과의 성스러운 짝짓기이기 때문이다. 사내도 더불어서 성스러운 존재가 된다.

그 결과 대지는 더더욱 풍요로워질 것이다. 대지는 그 생산성을 더 푸르게 드높게 이룩해낼 것이다. 세상은 낙토가 되고 낙원이 될 것이다. 덩달아서 이 세상 모든 남녀의 사랑도 더한층 농익어 갈 것이다.

2

고 래 의 천 당 가 기

까마득한 옛날, 아득한 선사 시대의 사람들은 글을 남기기에 앞
서서 그림을 남겼다. 바위에다 각종 도형과 무늬를 아로새겼다.
그것으로 그들 시대를 위한 증언을 몇 천 년, 몇 만 년 동안 남겨
놓았다. 그래서 이 암각화는 위대한 역사적인 기념비가 되었다.

한국에도 선사 시대의 바위그림이 주로 영호남 일대에 걸쳐 남
아 있다. 모두 자그마치 400여 점이나 된다니 놀라운 일이 아닐
수 없다. 거기에는 신앙이 기록되어 있고 신화가 아로새겨져 있
다. 오늘의 우리들은 서운하게도 그 분야의 전공 학자들의 노력이
며 성과에도 불구하고 아직은 온전하게 그 의미를 읽어내지 못하
고 있다. 선사 시대 사람들의 생활 그 자체와 그것과 관련된 신앙,

신화는 아직 수수께끼로 남아 있다. 그만큼 신화는 더한층 신비로 워지고 있다. 아직 정체를 숨기고 있기에 신화의 신비는 더욱 더 웅숭깊다.

바위에 새겨진 수많은 방패 모양의 무늬는 입을 굳게 담고 신화의 침묵을 지키고 있다. 그 기하학적인 도형 또는 추상무늬는 일정한 기호로서 그 무엇을 뜻하고 있을 테지만 오늘날의 우리들에게 그것은 암호요, 비밀문서다.

경상남도 울산시 태화강 상류에 위치한 천전리의 추상무늬 암각화에서 그다지 멀지 않은 하류의 언덕 기슭에는 저 이름 높은 '대곡리 반구대 암각화'가 있다. 상당히 넓은 바위 표면에 수많은 도형과 무늬가 새겨져 있으며, 별의별 동물들 또한 그려져 있다. 멧돼지, 사슴, 호랑이 등과 바다에 사는 동물, 예컨대 거북, 물개 그리고 고래도 새겨져 있다. 한편 사람도 보이는데, 춤추듯 서 있는 사람과 사람 얼굴의 가면이 커다랗게 그려져 있다. 인간을 비롯한 지상과 바다의 여러 동물의 만물상이 곧 반구대 암각화인 셈이다.

그중 강물 위로 우뚝 솟은 바위 벼랑의 왼편, 비교적 높은 지점에 고래의 무리가 그려져 있는 게 두드러져 보인다. 그 가운데에서도 세 마리의 고래 그림이 주의를 모으는데, 이는 그 고래들이 어울려서 어떤 메시지를 전달하고자 하는 것처럼 느껴지기 때문이다. 바싹 앞뒤로 또 좌우로 붙어 있는 이 세 마리 고래는 수직으로 그려져 있다. 머리를 위로 반듯하게 추켜세우고 헤엄치고 있는 듯 보인다. 다른 한편으로는 하늘로 오르고 있는 것처럼 보이기도 한다. 다른 곳에 그려진 고래들이 수평으로 헤엄치고 있는 것과는 대조적이다.

그중 한 마리, 맨 앞에 있는 고래의 머리 부분에 아주 작은 도형이 그려져 있다. 일반적으로는 이것을 고래 새끼라고 보고 있다. 실제로 고래는 그 새끼를 머리나 등에 업다시피 하고 헤엄을 치기 때문이다. 하지만 필자는 여기서 시각을 달리하고 싶다. 이 고래의 꼬리 부분에는 커다란 작살을 맞은 고래가 그려져 있다. 즉, 죽은 고래다. 이 죽은 고래는 몸통의 어느 부분도 구체적으로 그려져 있지 않다. 몸통의 외곽선 말고는 단지 작살만이 두드러져 보인다. 그래서 죽음이 강조된 듯 보이기도 한다.

그렇게 본다면 그 바로 위 고래의 머리에 그려진 새끼 모양의 도형은 죽은 고래의 넋이라고 볼 수 있다. 작살에 찔려 죽은 고래가 넋을 간직한 채 하늘로 오르고 있는 것이다. 즉, 죽은 고래를 그리되 그 넋 또한 그려 넣어서 죽음과 넋을 동시에 강조하고자 한 것이라 추측할 수 있다. 그 왼쪽에 그려진 고래는 오른쪽의 죽은 고래와는 대조적으로 머리 부분이 사실적으로 묘사되어 있다. 이 왼쪽 고래는 같은 고래의 생시 모습을 그린 것이 아닐까 여겨진다.

 이러한 상상을 통해 본다면 세 가지 모습의 고래 그림은 '생시의 고래가 작살을 맞아 죽은 후, 그 넋을 머리에 이고 하늘로 오르고 있다'라는 내용으로 이해할 수 있다. 여기에는 고래잡이를 하던 당시 사람들의 주술적인 소망이 어려 있다고 볼 수 있다. 살아 있던 고래가 잡혀 죽으면, 그 넋이 하늘로 올라가 다시 육체를 갖추고 바다로 돌아와 또 잡혀주길 바라는 것이다. 실제로 동북 시베리아의 일부 원주민들은 곰을 잡고 난 다음 그 같은 주술이 담긴 행사를 치른다.

 이러한 일련의 추리는 결국 하늘을 나는 고래의 신화를 꾸며내는 결과를 만든다. 바위 위에 새겨진 선사 시대 사람들의 신화를 읽어내게 해주는 셈이다.

제11장

또 다른 한국 신화, 일본 신화

바로 지척에 자리 잡은 나라,

그래서 더러 신화를

나누어 가지기도 한 나라.

그래서 한반도가 고향 같은

그런 나라의 신화, 일본 신화.

그것은 또 다른 한국 신화이기도 한 것.

1

한반도가 고향인 일본의 신

한국과 일본의 관계를 말할 때 '해협(海峽) 이어짐'을 지적하는 사람들이 있다. 한국에서는 '대한 해협'이라 부르고 일본에서는 '쓰시마(對馬) 해협'이라고 부르는 좁은 바다를 사이에 두고 두 나라가 마주하고 있기 때문이다.

한데 한국과 일본은 '신화 이어짐'의 나라이기도 하다. 일본 신화 속 주요 신들이 한반도와 깊은 인연을 맺고 있기 때문이다. 일본 신화에서는 한국 또는 한반도가 큰 몫을 차지하고 있다. 한편에서는 신라, 다른 한편에서는 가락이 일본 신과 특별한 관련을 갖고 있다. 신라와 가락은 일부 일본 신의 고국으로 되어 있다. 또한 그들 일본 신은 한국, 한반도에 대해 진한 향수를 품고 있다. 그렇기에 일부 일본 신화는 또 다른 한국 신화로 간주되기도 하는 것이다.

그중에서도 일본 신 스사노오 노미코토(須佐之男命)는 두드러져 보인다. 그는 일본의 신들의 계보에서 큰 자리를 차지하고 있다. 스사노오는 일본 열도를 빚어낸 신이자 일본 신들의 시조이기도 한 남신 이자나기와 여신 이자나미의 아들이다. 또한 태양의 신 아마테라스의 동생이기도 하다.

일본 신화의 정통을 이어받고 있는 스사노오는 일본 내에서 널리 숭배 받는 인기 있는 신이다. 그는 일본의 이즈모(出雲) 지역에서 신으로 모셔졌다. 이 지역은 동해를 사이에 두고 한반도를 바라보고 있는 곳이라서 한국과 인연이 깊은 땅이다. 특히 이즈모의 오다(大田) 시에 있는 '가라카미 시라키 진자'는 유달리 눈에 띈다. 그뿐만 아니라 일본의 고도(古都)인 교토(京都)에도 그의 신사가 있다.

스사노오는 한신(韓神)이자 신라신이다. 그래서일까? 스사노오가 낳은 아들 형제는 그 이름이 각각 '가라카미(韓神)', '소호리카미(曾富利神)', '시라히노카미(白日神)' 등인데, 이 가운데 가라카미는 그 이름에서 한국과의 관계를 직접적으로 드러내고 있다. 또한 소호리카미에서 '호'로 소리 내 읽는 '富' 자를 한국식으로 읽으면 '부'가 된다. 즉, 소호리카미는 '소부리 신'이 된다. '소부리'는 신라의 경주를 일컫는 말인 '서벌'과 그 소리가 비슷하다. 결국 소호리카미도 가라카미와 더불어 한국과 연관이 있음을 짐작할 수 있다.

그러다 보니 스사노오는 한반도, 특히 신라와 관련지어 생각해 볼 있다. 이 점은 일본의 옛 문헌인 『유서기략(由緖記略)』에서도 확인할 수 있다.

사이메이(齊明) 천황 2년에 고구려에서 왜(倭)의 황실로 온 사신인 이리시가 신라국의 우두산에 계신 스사노오를 야마시로국(山城国)의 야사카(八板) 신사에 모시고 옴으로써 제사 드리게 되었으며, 황실로부터 야사카노미야쓰코라는 성씨를 하사 받았다.

이와 같은 기록은 『팔판어진좌대신지기(八坂御鎭坐大神之記)』라는 문헌에서도 보인다. 이런 문헌을 토대로 일본인 학자 구메 구니타케(久米邦武)는 그의 저서 『일본 고대사(日本古代史)』에서 이와 같이 말했다.

스사노오는 처음에 신라에 살면서 소시모리라는 강원도 춘천부 우두주에 갔다가 그 후 왜 나라로 건너왔다. (……) 그는 뒷날 우두천왕으로 불리게 되었고 또한 신라명신(新羅明神)이라고도 불리며 모셔졌다.

구메 구니타케의 이 같은 서술에는 그것을 뒷받침할 구체적인

물증이 있다. 스사노오는 천상에 머문 동안 갖은 사나운 황포를 저질렀지만, 지상에 내려온 후 사뭇 달라졌다. 고통 받는 사람들을 도우는 호쾌한 영웅으로 변신한 것이다. 그는 야마타노오로치(八岐大蛇)라는 여덟 개의 머리와 꼬리를 가진 악독한 괴물을 처치했는데, 그때 그가 사용한 무기가 바로 '가라스키(韓鋤)'다. 가라스키, 즉 '한국의 호미'로 스사노오는 흉측한 괴물을 물리쳤다. 그가 사용한 무기는 이를테면 '메이드 인 코리아'였던 셈이다.

이처럼 일본 신의 계보에서 막중한 비중을 차지하고 있는 스사노오는 한반도 출신이다. 그가 동해(일본에서는 일본해라고 부르고 있는)를 건너서 한반도 동해안이 내다보이는 이즈모로 옮겨간 것이라면, 일본의 신통기(神統記) 곧 신의 족보는 한반도를 외면할 수 없다. 한반도, 신라는 일본 신의 고향이다.

너무나 닮은 한국과 일본의 신화

한반도에서 일본으로 건너간 이른바 '도래인(渡來人)'의 신은 스사노오만이 아니다. 일본 왕가의 조상신인 아마테라스의 손자, 니니기 노미코토(瓊瓊杵尊) 역시 한반도 출신의 도래인이다. 스사노오는 아마테라스의 동생이니, 니니기는 스사노오의 손자뻘이 된다. 결국 할아버지와 손자가 다 같이 한반도에서 일본으로 이민을 간 셈이다.

앞서 보았듯 아마테라스라는 태양신은 일본 황실의 조상신이기도 하다. 역대 일본의 왕들은 한결같이 아마테라스의 핏줄을 이은 셈이다. 그런데 그 동생과 손자가 모두 한반도 출신이란 것은 무엇을 의미할까? 이건 물으나 마나 일본 황실의 핏줄이 한국과 무관하지 않다는 것을 가리킨다. 더 나아가 아마테라스가 살고 있었고, 스사노오와 니니기의 고향이기도 한 '다카마노하라(高天原)'는 한반도와 무관할 수 없게 된다. 다카마노하라는 한자가 보여주듯이, 높은 하늘에 있는 신들의 터전을 뜻한다. 이렇듯 일본 신화에서 한반도는 신들의 땅, 신들의 고향 땅으로 인식되어 있다고 해도 지나치지 않다. 이는 니니기의 신화가 거듭 확인시키고 있다.

천손(天孫) 니니기가 아마테라스에게서 구슬과 거울과 칼 등 세 가지의 신기(神器)를 받고서 다섯 부족의 우두머리와 여러 신하를 거느리며 하늘에서 구름을 타고 위엄 있게 지상으로 내려왔다. 그 내려온 곳이 쓰쿠시(쓴紫)의 히무카(日向)에 있는 다카치호(高千穗)의 구지후루타케(久土布流多氣)였다. 니니기가 말하기를 "이곳은 가라쿠니(韓國)를 바라보고 있고 가사사(笠沙)의 곶과도 바로 통하여 있어 아침 해가 바로 비치는 나라, 저녁 해가 비치는 나라다. 이곳은 정말 좋은 곳이다"라고 말하고 거기에 궁궐을 짓고 머물었다.

일본에서 '천손강림(天孫降臨)'이라 일컫는 이 신화는 고조선의 신화와 견주어진다. 우리는 여기서 니니기의 말 가운데 그가 하늘에서 내려선 땅이 한국(가라쿠니)을 바라보고 있다는 대목에 유념할 필요가 있다. 그리고 해가 바로 비치는 땅이라고 한 것도 유심히 보아야 한다. 이 발언은 한국이 니니기의 고향이요 원주지(原住地), 곧 원래 살던 곳임을 뜻한다고 볼 수 있기 때문이다. 더구나 한국은 니니기가 해바라기를 하는 방향과 일치하는 곳에 자리 잡고 있다.

그런데 니니기가 강림하는 이 신화와 꼭 닮은 신화가 한국에도 있다. 바로 단군의 아버지 신인 환웅이 천부인(天符印) 세 개를 지니고 무리 삼 천을 이끌고 태백산 봉우리에 강림해, 신시(神市)라는 이름의 고을을 마련하고 세상을 다스렸다는 『삼국유사』의 기록이다. 단군 신화의 환웅 이야기는 천손강림 신화의 니니기 이야기와 판에 박은 듯이 서로 닮아 있다.

이들 두 신화 사이에는 큰 줄거리가 같은 것 말고도 다른 몇 가지 구체적인 공통점이 있다. 첫째는 하늘의 신이 강림한다는 것, 둘째는 신이 높은 산봉우리에 내려서 나라의 기틀을 잡는다는 것, 셋째는 신이 세 가지의 증표를 가지고 지상에 내린다는 것이다.

이 세 가지 증표를 두고 일본은 삼종의 신기(神器)라 하고, 한국은 천부인이 하고 있다. 신기는 신비로운 또는 신의 소유인 연장이나 기구란 뜻이며, 천부인은 하늘이 왕이 될 사람에게 내리는 부적 내지 표시라고 해석된다. 이 또한 양자 사이의 공통점으로 지적될 수 있다. 그렇기에 니니기의 천손강림이나 환웅의 하늘 내림이나 대동소이하다. 그 둘은 서로 닮은꼴의 신화다.

그런데 여기서 니니기가 하늘에서 내린 산봉우리 이름이 '구지후루(또는 구시후루)'라는 것이 눈에 띈다. '구지'라는 말이 한국의 가락 신화에 나오는 구지봉의 '구지'와 발음이 닮았기 때문이다. 구지봉은 수로왕이 하늘에서 내린 봉우리로, 니니기도 하늘에서 그와 같은 이름의 봉우리에 내리고 있는 것이다.

이런 까닭에 니니기가 하늘에서 내려선 땅을 영주의 땅으로 삼으며, 그곳이 한반도를 바라보고 있다고 스스로 말한 것을 다시금 생각해보게 된다. 니니기가 한반도를 그의 고향 내지는 특별한 인연이 있는 땅으로 여긴 것이라 추측되는 것이다. 스사노오에게는 신라, 니니기에게는 가락이 그들의 고향 또는 고토(故土)인 셈이다.

물론 이러한 신화를 전한 사람들은 고국 땅, 한반도에서 일본으로 건너간 사람들이다. 일본의 고고학자 에가미 나미오는 이 점에 대해 이주민이나 이민이란 말은 온당치 못하다고 지적하면서, 그 대신 '도래인'이라 표현하도록 권하고 있다. 그의 주장에 의하면 이주민은 선주민에 의해 터가 단단히 잡혀 있는 땅에 이주해 오는 사람을 의미한다. 따라서 상고 시대에 한국에서 일본으로 건너온 사람들은 비로소 일본의 기틀을 잡을 사람들이므로, 이주민이란 표현은 적절치 못하고 도래인이라고 불러야 마땅하다는 것이다.

그렇다. 한국 땅에서 사람들이 일본으로 건너가지 않았더라면 상고 시대 일본이 국가로서 기틀을 잡지 못했으리라는 것을 니니기와 스사노오, 이 두 신은 말해주고 있다.

3

해와 달의 정기가 일본으로 옮겨 가다

한국와 일본의 신의 관계 그리고 신화의 관계는 질기고 끈끈하다. 물론 두 나라 신들 사이의 갈등을 그린 일본의 신화도 전해지고 있다. 한국 신들이 일본으로 쳐들어가서 일본 신들과 겨루고 다투고 한 끝에 일본 신들을 모조리 잡아서 한국으로 납치하자, 일본 사람들이 '하치만다이보사쓰(八幡大菩薩)'라는 부처에게 빌어서 가까스로 위기를 면했다는 신화다.

하지만 그 같이 한국 신과 일본 신 사이의 갈등을 그린 신화는 단 한 편뿐이다. 일본의 신 오쿠니누시노카미(大国主神)가 이즈모 땅에 바다 건너 있는 육지를 끌어당겨 갔다는 신화가 보여주듯, 한국과 일본 신은 밀접한 관계를 맺었던 것으로 보인다. 그가 끌고 간 땅은 한반도의 일부라고 추정되기 때문이다.

일본 신과 한반도의 인연은 짙고 굳다. 사람이나 신만이 한반도에서 일본 열도로 건너간 게 아니다. 엄청난 것, 우주적 차원으로 어마어마한 것도 건너갔다. 한반도에서 일본으로 도래했다. 그것은 다름 아닌 해와 달의 정기다. 이에 관해서는 다음과 같은 전설이 전해진다.

신라 제8대 임금인 아달라왕 때, 동해 바닷가에 연오랑과 세오녀라는 부부가 살고 있었다. 어느 날 남편인 연오가 바다에 가서 해초를 캐고 있는데, 느닷없이 그가 올라서 있던 바위가 그를 등에 태운 채 일본으로 건너갔다. 일본의 사람들은 연오를 비상한 사람으로 여겨 섬겨서 왕으로 모셨다. 한편 아내인 세오는 돌아오지 않는 남편을 걱정하여 찾으러 나섰다. 그러다 바닷가 바위 위에 남편의 짚신이 놓여 있는 것을 보았다. 연오를 일본으로 싣고 간 바위가 본래 자리로 돌아와 있었던 것이다. 세오가 그 바위에 올라서자 바위는 이내 남편 때와 마찬가지로 세오를 태우고 일본으로 갔다. 일본 땅의 사람들이 놀라서 연오왕에게 알렸고, 둘은 다시 부부로서 합쳐져 세오는 왕비가 되었다.

한데 신라에 변이 생겼다. 갑자기 해와 달의 빛이 사라진 것이다. 천문 기상을 보고 점을 치는 점술사가 그 곡절을 알아내어 말하길, "해와 달의 정기가 원래 우리 신라에 내려와 있었는데, 이제 일본으로 가버려 이런 해와 달의 변고가 생겼다"라고 했다. 그 말을 듣고 신라의 왕은 사신을 일본으로 보내 연오와 세오 부부가 돌아오도록 청했다. 하지만 연오는 거절했다.

"내가 이 나라 일본에 온 것은 하늘이 시킨 것이다. 한데 이제 와서 어찌 신라로 돌아가겠느냐."

일본의 왕이 된 연오는 그리 말한 후 신라의 사신에게 왕비가 손수 짠 가느다란 비단 실을 주었다. 신라에 돌아가 그것으로 하늘에 제사를 드리라고 했다. 사신이 신라로 돌아와서 왕에게 연오의 말을 전했다. 그래서 연오의 말대로 하늘에 제사를 올렸다. 그러자 해와 달이 그전처럼 빛을 되찾았다. 그 뒤 신라에서는 그 비단 실을 창고를 마련해 보관하며 국보로 삼았다. 그 창고는 귀비고(貴妃庫)라고 불렀다. 그리고 하늘에 제사를 올린 곳을 영일현(迎日縣)이라고 일렀다.

이와 같은 『삼국유사』의 기록은 이야기의 시작과 끝이 전형적인 역사적 전설의 구조를 보이고 있다. 하지만 그 내용은 우주적이다. 물론 이 전설을 뒷받침할 어떤 역사적 증거도 댈 수는 없다. 하지만 상고 시대의 한국과 일본의 관계, 그리고 앞서 본 스사노오와 니니기의 신화를 생각하면 이런 전설이 전해진 이유를 웬만큼은 헤아릴 수 있다. 일본 황실의 조상으로 숭상 받는 신들이 한반도에서 일본으로 건너간 것과 해와 달의 정기가 한반도에서 일본으로 건너간 것 사이에는 상당한 비례관계 또는 대응관계가 드러나기 때문이다.

닫는 글
_오늘도 영원한 신화

　사뭇 까마득히 먼 길을 헤쳐온 것 같다. 시대로는 억만년도 더 이전 일, 천지 창조의 개벽 시대부터 사천~오천 년을 거슬러 만년도 더 너머의 선사 시대까지 되돌아보았다. 부여, 고구려, 신라, 가락의 상고 시대까지 거슬러 올라가기도 했다. 그러면서 갖가지 신비와 이적, 기적도 살펴보았다. 오늘날로서는 상상을 초월하는 사건도 눈에 띄었다. 결국 역사를 넘어서고 상상을 넘어선 일과 사건을 목격한 셈이다.

　오룡거, 즉 다섯 마리 용이 이끄는 수레를 타고 하늘과 땅 사이를 종횡무진, 자유자재로 넘나든 해모수는 오늘날의 독자들에게 여간 경이로운 게 아니었을 것 같다. 해리포터도 해모수를 선구자

로 모셨을 것이다. 거기에는 오늘날 우주비행에 부친 우리들의 꿈
이 어려 있을 것이다. 해모수의 오룡거는 인공위성이 되어서 우주
공간을 비행하고 있다고 볼 수 있다. 해서 한국이 언젠가 인공위
성을 창공에 띄우게 되면 그 이름을 해모수라고 하는 게 어떨까
싶다. 그러니 오룡거라는 신화는 사라지지 않는다. 모습을 달리하
는 것뿐이라고 잘라 말할 수도 있다.

그런 점은 해모수의 혼례, 곧 결혼을 되돌아보아도 드러난다.
갖가지 고생과 갈등을 겪고 나서야 그는 신부와 겨우 합법적으로
짝을 짓고 있다. 신부 아버지는 신랑 후보자를 혼쭐내고 있다. 곧
사위가 될 젊은이를 마치 부랑배 대하듯 하고 있다. 그 난관들을
고루 다 겪고 이겨낸 다음에야 신랑 후보자는 비로소 신부를 얻고
있다. 마치 전쟁터에서 적과 싸워 전리품을 얻어내듯 신부를 맞이
하는 데 성공하고 있다.

해모수가 신랑으로서 겪은 그와 같은 고난과 역경은 극히 최근
까지도 이 땅의 젊은이들이 신부를 맞을 때 겪어야 했던 것이다.
신부 측으로부터 업신여김을 당하고 못난이, 바보 취급을 받기도
했다. 그 점은 고구려의 온달과 신라의 서동도 겪어야 했다. 해모
수와 온달과 서동은 모두 근래의 신랑이 되어서 거듭 나타나곤 한
것이다. 이렇듯 신화는 역사 시대에, 오늘날에 멀쩡히 살아 있다.

그뿐만 아니다. 탈해가 걸려든 부동산 소송 사건은 지금도 아파

트를 둘러싸고 계속되고 있다. 탈해는 먼 바다 건너 용성국이라는 용왕이 다스리는 나라에서 알로 태어난 신화적인 인물이다. 그는 알로 태어나 바다에 버려져 신라에 도착한 후 부화해 동자가 된다. 그리고 멀쩡한 남의 집을 두고 소송을 일으켜서 그야말로 편취하고 있다. 사기를 치다시피 해서 남의 집을 차지하고 있다. 지금도 끊이지 않고 있는 부동산 소송을 일으킨 선구자가 다름 아닌 탈해다. 그것도 용성국, 곧 용이 다스리는 나라의 왕자다.

이렇게 신화는 묘하고도 끈질기게 오늘날까지 살아 있다. 한데 오늘날 우리들의 꿈을 들여다보면 신화의 영원함은 두드러져 나타난다. 사춘기 소년들은 꿈속에서 하늘을 난다. 오룡거를 탄 해모수처럼 하늘을 날고 또 난다. 소년들은 꿈에서 누군가에게 쫓긴다. 악마나 맹수 같은 무서운 것들의 추적을 피해서 냅다 도망친다. 그러나 소용없다. 드디어 뒤통수에 추적자의 손이 와 닿는다. 한데 바로 그때다. 기적이 일어난다. 소년의 몸은 붕하고 공중에 뜬다. 그러고는 이내 드높이 솟구쳐 올라 창공을 난다.

다음 날 어른들은 그게 키 크는 꿈이라고 알려준다. 그것은 옳은 가르침이다. 하늘을 나는 꿈은 성장기의 필수적인 꿈이기 때문이다. 일부 심층 심리학자는 그 꿈이 사춘기의 성 충동과 관계가 있다고 지적한다. 억압된 성의 욕구가 통쾌하게 하늘을 나는 것으로 채워진다고 풀이하고 있다. 그처럼 하늘을 나는 꿈을 꿀 때, 오늘날의 사춘기 소년들은 누구나 해모수다. 그들은 신화를 꿈꾼다.

그런가 하면 소녀나 젊은 여인의 오줌 누는 꿈의 전설, 온 천지가 오줌 홍수로 넘치는 꿈의 전설 또한 오늘날 여전히 소녀들에 의해서 되풀이되고 있다. 이것은 소녀의 성 충동과 이어진 것이라고 심리학자들은 풀이한다.

이렇듯 신화가 되풀이되는 것은 오늘날에도 우리들의 무의식이 여전히 신화시대에 잠겨 있다는 것을 말해준다. 우리가 미처 깨닫지 못하고 있는, 우리들 마음의 깊디깊은 내면에 잠들어 있는 무의식은 신화의 텃밭이다. 그렇기에 신화를 읽는 것은 오늘날 우리들의 꿈을 들여다보는 것과 같다. 무의식의 깊은 속내를 스스로 살피고 캐는 것이 다름 아닌 신화 읽기다.

무의식이 있고 꿈을 꾸는 한 우리들은 여전히 신화적인 인물이다. 신화는 오늘에도 여전하다. 신화는 영원히 현재다.

지은이 _ 김열규

1932년에 경상남도 고성에서 태어났으며, 서울대학교 국문학과를 거쳐 동 대학원에서 국문학과 민속학을 전공했다. 서강대학교 국문학과 교수, 하버드대학교 옌칭연구소 객원교수, 인제대학교 문과대학 교수, 계명대학교 한국학연구원 원장을 거쳐 현재 서강대학교 명예교수로 재직 중이다.

문학과 미학, 신화와 역사를 아우르는 그의 글쓰기의 원천은 탐독이다. 어린 시절 허약했던 그에게 책은 가장 훌륭한 벗이었으며, 해방 이후 일본인들이 두고 간 짐 꾸러미 속에서 건진 세계문학은 지금껏 그에게 보물로 간직되고 있다. 이순(耳順)이 되던 1991년에 헨리 데이비드 소로와 같은 삶을 살고자 고성으로 낙향했고, 자연의 풍요로움과 끊임없는 지식의 탐닉 속에서 청춘보다 아름다운 노년의 삶을 펼쳐 보이고 있다. 여든의 나이에도 해마다 한 권 이상의 책을 집필하며 수십 차례의 강연을 하는 열정적인 삶을 살고 있다.

지은 책으로 『김열규의 휴먼 드라마: 푸른 삶 맑은 글』, 『한국인의 에로스』, 『행복』, 『공부』, 『그대, 청춘』, 『노년의 즐거움』, 『독서』, 『한국인의 신화』, 『한국인의 화』, 『메멘토 모리, 죽음을 기억하라』 외 다수가 있다.

한국 신화, 그 매혹의 스토리텔링

ⓒ 김열규, 2012

지은이 ㅣ 김열규
펴낸이 ㅣ 김종수
펴낸곳 ㅣ 도서출판 한울

초판 1쇄 발행 ㅣ 2012년 4월 30일
초판 4쇄 발행 ㅣ 2020년 6월 30일

주   소 ㅣ 413-756 경기도 파주시 파주출판도시 광인사길 153
            한울시소빌딩 3층
전   화 ㅣ 031-955-0655
팩   스 ㅣ 031-955-0656
홈페이지 ㅣ www.hanulbooks.co.kr
등록번호 ㅣ 제406-2003-000051호

Printed in Korea.
ISBN 978-89-460-6920-6 03810

* 책값은 겉표지에 표시되어 있습니다.